I0662138

www.ingramcontent.com/pod-product-compliance
Lightning Source LLC
Chambersburg PA
CBHW060405030726
47497CB00003B/854
9781997503163

----------------------------انتشارات آسمانا----------------------------

۵۶۰

یک نوول دیستوپیایی

حسین نوش‌آذر

نشر آسمانا، تورنتو، کانادا
۱۴۰۴/۲۰۲۵

۵۶۰، یک نوول دیستوپیایی
نویسنده: حسین نوش‌آذر
ناشر: آسمانا، تورنتو، کانادا
طرح روی جلد: صالح تسبیحی
ویرایش فنی (تنظیم رسم‌الخط): شیرین عزیزی مقدم
صفحه‌آرا: واحد طراحی نشر آسمانا
نوبت چاپ: اول، تابستان ۱۴۰۴/۲۰۲۵
شماره آی‌اس‌بی‌ان: ۹۷۸۱۹۹۷۵۰۳۱۶۳

۵۶۰

یک نوول دیستوپیایی

حسین نوش‌آذر

برای آزاده‌ام

فهرست

فصل اول

تعقیب و گریز در ایستگاه فضایی

زندگیِ ما مثل یک لیوان آب بود: ساده و بی‌حرف. در یک خانه‌ی بیست‌متری در دهکده‌ای نزدیکی‌های برکلی که به تازگی با تنش آبی درگیر شده بود.

من جغرافیا درس می‌دادم، هما هم زبان‌شناس بود؛ عاشقِ فارسی قدیم؛ اما چون هیچ‌کس به تخصصش نیاز نداشت، در یک آژانس توریستی کار می‌کرد که گردشگران را می‌فرستاد فضا.

بعد از ده‌سال «زناشویی پایدار»، *اداره‌ی خانواده* اجازه داده بود یک بچه داشته باشیم. هما گفته بود: «باید بریم ایران. من دلم می‌خواد بچه‌م در ایران دنیا بیاد.»

گفته بودم: «آخه این چه کاریه؟ اون‌جا نقطه‌ی قرمز دنیاس.»

و هما هم گفته بود: «اگر حتی آخر دنیا هم باشد که نیست، زادگاه آباء و اجدادی ماست» و این‌طور بود که پایش را کرده بود توی یک کفش و من هم مثل یک قایق کاغذی که زود جهتش تغییر می‌کند، موافقت کرده بودم. شاید هم تهِ دلم می‌خواستم ایران را ببینم و ببینم کشوری که در ذهنم ساخته‌ام، واقعاً چگونه است.

هما هنوز داشت چمدانش را می‌بست، با همان دقتی که یک‌نفر یک تابلوی مینیاتور را قاب می‌کند. من روی کاناپه‌ی کهنه لم داده بودم، با یک لیوان آب خنک مشغول بودم و مثل سربازی که حوصله‌ی جنگیدن ندارد گفتم: «هما جون، هنوز وقت داریم، یه کم آروم‌تر.»

سرش را از روی چمدان بلند کرد و گفت: «وقت؟ توی این دنیا هیچ‌وقت برای هیچ‌کاری به اندازه‌ی کافی وقت نیست. تازه دیرمون هم شده.» بعدش هم چمدان را بست و این‌طور بود که امید من به باطل شدن بلیط‌ها به عزم سفر تبدیل شد. کیفم را برداشتم، بلیط‌های دیجیتال را شارژکرده بودم و حالا داشتند روی مچ‌بندم چشمک می‌زدند.

ایستگاه فضایی برکلی مثل یک کندوی عظیم فلزی بود، پر از صدای وزوز شاتل‌های توریستی و آدم‌هایی که شتابان از این طرف به آن طرف می‌رفتند. بوی سوخت خورشیدی که بی‌شباهت به بوی بادام سوخته نبود، همه‌جا را انباشته بود. تابلوهای هولوگرافیک مقصدها را نشان می‌دادند: مریخ: پروازهای روزانه به نیو الیموس اَبَرشهرهای شناور زهره؛ معدن‌های گاز هیلیوم زحل؛ و بعدش هم جاهایی که هنوز در کره‌ی خاکی خودِ ما از مقاصد گردشگری بود: ایران، آسیای جنوب شرقی و اسکاندیناوی که جزو سفرهای لوکس بود.

از گِیت که رد شدیم، حس کردم زیر نظر هستیم. دو نفر با کت‌های بلند خاکستری و عینک‌های تیره از دور به ما زل زده بودند. شاید شکارچی‌های غیرقانونی که دنبال توریست‌های ساده‌لوح بودند. قلبم تندتر زد. به هما گفتم: «اون دو تا رو می‌بینی؟ انگار دارن دنبالمون می‌کنن.»

هما سر برگرداند، بعد دستم را محکم‌تر گرفت. «نگاه نکن، راهمون رو بریم. احتمالاً مأمورای گمرکن، دنبال مالیات اضافی‌ان.» صدایش کمی می‌لرزید.

تندتر رفتیم تا این‌که بین جمعیت گم شدیم. صدای بلندگوها اعلام کرد: «شاتل ۱۹ به مقصد ایران، پنج دقیقه تا پرواز.»

راهروهای ایستگاه مثل یک هزارتو بود، پُر از تابلوهای تبلیغاتی که تورهای فضایی را با شعارهای مسخره نشان می‌دادند: «خوشبختی در مدارِ زمین!» یا «مریخ، خانه‌ی دوم شما!» کت‌خاکستری‌ها هنوز پشت سرمان بودند. حالا داشتند نزدیک می‌شدند. یکی از آن دو نفر یک دستگاه اسکنر کوچیک دستش بود، و نور قرمز لیزرش روی زمین می‌چرخید. گمانم دنبال ردِ پای ما بود.

هما زمزمه کرد: «اینا گمرکی نیستن. فکر کنم شکارچی‌های مدارک‌ان.»

«شکارچی‌های مدارک؟ این دیگه چه کوفتیه؟»

«بعضی‌ها مدارک توریست‌ها رو می‌دزدن، بعد می‌فروشن به قاچاقچی‌هایِ فضایی. تو اخبار ندیدی؟»

گفتم: «می‌ریم سمت انبار بار. اون‌جا شلوغِ، گم‌شون می‌کنیم.»

دویدیم. کفش‌هامون روی کف فلزی ایستگاه صدا می‌داد. انبار بار پر از کانتینرهای خورشیدی بود که با زنجیرهای مغناطیسی در فضا معلق بودند. کارگرهای رباتیک با چراغ‌های چشمک‌زن بارها را جابه‌جا می‌کردند. بوی روغن و فلز همه‌جا را پر کرده بود. کت‌خاکستری‌ها هنوز دنبالمان بودند، حالا با فاصله‌ی کم‌تری. یکی‌شان فریاد زد: «هی، وایستید! مدارکتون رو چک کنیم!»

یکی از کانتینرها را دور زدیم و پشت یک ستون فلزی پنهان شدیم. کاملاً معلوم بود که دزدند؛ اما اگر عجله نمی‌کردیم، شاتل را از

دست می‌دادیم. هما خونسرد بود. یک پرنده‌ی ظریف اما باهوش که همیشه راهی برای از میان برداشتن موانع پیدا می‌کرد. در این فاصله یک کارگر رباتیک از کنارمان رد شد، با یک کانتینر معلق که روی آن نوشته بود: «مقصد: ایران». هما چشمانش برق زد. «سوار این بشیم.»

وقت فکر کردن نبود. هما پرید روی کانتینر، من هم دنبالش. کانتینر با یک تکان به سمت رمپ بارگیری شاتل شروع به حرکت کرد. کت‌خاکستری‌ها حالا دیگر می‌دویدند، و با این‌حال هر دم از ما بیشتر فاصله می‌گرفتند. هما می‌خندید، موهایش در باد تکان می‌خورد. «دیدی، خوشِت اومد؟»

کانتینر به شاتل رسید، و ما درست قبل از بسته شدن درهای بارگیری پریدیم پایین. مأمور شاتل، یک زن با موهای نقره‌ای و صورت خسته، به ما نگاه کرد. «شما دو تا از کجا پیداتون شد؟»

من مچ دستم را جلو آوردم. گفتم: «توریست، مقصد ایران.»

زن بلیط‌ها را از روی مچ دستم اسکن کرد، سر تکان داد و گفت «زود برید بشینید، شاتل داره می‌پره.»

نشستیم روی صندلی‌های کهنه‌ی شاتل، هنوز هیجان‌زده بودم. هما دستم را گرفت، گفت: «حالا دیگه راه برگشتی نیست.»

گفتم: «چه دردسر بزرگی بود!»

خندید. گفت: «دردسر؟ این تازه اول قصه‌ست.»

شاتل تکان خورد، و این‌طور بود که ایستگاه فضایی برکلی پشت سرمان ناپدید شد. ایران، یکی از نقاط قرمز دنیا، منتظر ما بود.

فرودگاه مثل یک تئاتر عجیب بود

سفر نیم‌ساعته، دو روز طول کشید. یک‌روزش در قرنطینه گذشت، جایی بین نیم‌کره‌ی شمالی و جنوبی، انگار منتظر بودیم خدا یک نامه برایمان پست کند.

فرودگاه مازندران مثل یک تئاتر عجیب بود. چندنفر مثل گربه‌هایی که دنبال نخ کاموا می‌دوند، دور و بر توریست‌ها می‌چرخیدند. شبه‌نظامیان با سربندهای «یا حسین» مثل نگهبانان یک موزه‌ی متروکه ایستاده بودند سرِ گذرها.

ایران صدوسی‌سال بعد از انقلابش، مثل یک کتاب سوخته بود. میانگین درجه‌ی حرارت ۵۶ درجه‌ی سانتی‌گراد که تقریباً غیرقابل تحمل بود و با این‌حال با کمک زیرساخت‌هایِ شهری قابل تحمل شده بود. نفت تمام شده بود، توفان‌های شن شهرها را بلعیده بودند، آب هم که مثل همه‌جا نایاب بود. مردم از توریست‌های ماجراجو پول درمی‌آوردند.

ایران سه‌تکه بود: شمال، کنار برکه‌ای که قبلاً دریای خزر بود؛ غرب، در دامنه‌ی زاگرس؛ و مرکز، یک کویر بی‌انتها که شایعه‌ها درباره‌اش مثل مگس دور یک تکه‌گوشت در گردش بودند: حیوانات عجیب، گنج‌های گمشده، برده‌داری. هیچ‌کس نمی‌دانست حقیقت چیست، چون هیچ خبرنگاری جرأت قدم گذاشتن به آن‌جا را نداشت. تصاویر ماهواره‌ای هم مثل نقاشی‌های خیالی بچه‌ها، پر از ابهام بود.

ما را با یک اتوبوس پرنده، از یک ناوگان زنگ‌زده، از یک مسیر مخفی بردند به مسافرخانه‌ای در شمال. بقایای یک هتل کنار خزر بود. مردی که زلم‌زیمبوهای رنگی به خودش آویزان کرده بود مثل کسی که منتظر یک معجزه است دم در ایستاده بود. محافظ‌ها زن‌ها را از مردها جدا کردند. من توی صف ایستاده بودم، دلم مثل پرنده‌ای در قفس می‌زد. هما را نگاه می‌کردم که مثل ماهی که پشت ابر پنهان شود، دور می‌شد. بالاخره بعد از تشریفات قانونی که حدود یک‌ساعت طول کشید، رفتیم به اتاق‌هامان. درجه‌ی حرارت هوا هم در این مدت هیچ تغییر نکرده بود. دماسنج ۵۲ درجه‌ی سانتی‌گراد را نشان می‌داد.

هما روی بالکن ایستاده بود، قرص خورشید در پهنه‌ی آسمان مثل یک سکه‌ی طلایی برق می‌زد. بوی نمک از دور می‌آمد. دریاچه‌ی خزر هم خاکستری و سنگین، موج‌هاش با تنبلی روی هم می‌غلتیدند. دریاچه ناآرام بود، مثل قلبی که منتظر یک خبر بد باشد. از بلندگویی در شهر صدای قرآن می‌آمد، نرم و غمگین. به هما یک قبای خاکی‌رنگ پوشانده بودند و با آن وضع مثل کسی بود که از وسط یک قصه‌ی صحرایی پریده باشد بیرون. گفت: «بوی نمک رو حس نمی‌کنی؟ این صداها؟ همیشه دلم می‌خواست ایران رو ببینم.» خواست دست بندازه دور گردنم، ولی من خودم را کشیدم کنار. دوربین‌ها همه‌جا بودند، مثل چشم‌هایی که هرگز پلک نمی‌زنند و هرگز هم از خواب سنگین نمی‌شوند. و حالا این‌جا بودیم و به ته‌مانده‌ی دریاچه‌ای خیره شده بودیم که زمانی بزرگ‌ترین دریاچه‌ی دنیا بود. خسته بودیم. خوابیدیم.

تا آژانس رایت‌العباس راهی نبود

بیدار که شدیم، خورشید هنوز در آسمان لم داده بود. باید عجله می‌کردیم. اگر دیر می‌رسیدیم، آژانس «رایت‌العباس» که تور کویر را راه می‌انداخت، ما را جا می‌گذاشت. تا آنجا راه زیادی نبود، پس پیاده رفتیم. شهر هنوز نیمه‌خواب بود و با این‌حال یک عده با زنجیر و چاقو و پنجه‌بوکس و لیزر مسلح بودند، عَلَم و کُتل دستشان، راه افتاده بودند توی خیابان‌ها. سربندهای زرد بسته بودند.

آن طرف، یک عده با یک تابوت و یک نفربر که یک بلندگویِ غول‌پیکر روش نصب شده بود، به سمت گورستان می‌رفتند. صدای لفظ عربی از بلندگو می‌ریخت توی هوا. چندتا موتورسوار هم دور جمعیت مثل زنبورهای عصبانی چرخ می‌زدند. صدا به صدا نمی‌رسید. شهر بیدار شده بود و مردم ایستاده بودند کنار خیابان و مثل این بودکه تئاتر خیابانی تماشا می‌کردند. من ترسیده بودم، ولی آن‌ها ظاهراً عادت داشتند. به هما گفتم: «این‌جا چه خبره؟ اینا نمی‌خوان دست از این کارا بردارن؟» هما فقط شانه بالا انداخت. مثل این بود که کویر، جواب همه سؤالات ما را توی جیب جلیقه‌اش گذاشته بود و فقط منتظر بود که در یک فرصت مناسب دست به جیب جلیقه‌اش ببرد. در این میان، اما هما مثل پرنده‌ای بود که تازه از قفس پریده. چشماش برق می‌زد، گفت: «این‌جا زنده‌س! مثل اینِ که مردم دارن توی یه نقاشیِ قدیمی زندگی می‌کنن.» عشق هما به این خطه مثل یک سطر شعر عاشقانه بود، پر از حسرت و غبار. دستش را گرفتم و مثل دو تا ماهی که از

تور دربروند، از وسط آن معرکه خودمان را سرانجام رساندیم به آژانس «رایت‌العباس».

مهد اولیا یا ناصرالدین؟

شماره‌ی بیست‌وهفت‌رقمی حساب بانکی، مثل یک عصای جادویی، همه‌چیز را روبه‌راه کرد. نیم‌ساعت بعد، من و هما توی یک «بیگ او» دوازده‌متری نشسته بودیم که مجهز بود به سوخت خورشیدی، یک آشپزخانه‌ی کوچک، تخت صحرایی و یک جهت‌یاب.

انگار از یک فیلم علمی ـ تخیلی در سال‌های دهه‌ی ۱۹۶۰ به طرز ناشیانه‌ای گرته‌برداری شده بود. وقتی پشت رُل نشستم، با خودم فکر کردم که شاید واقعاً حق با هما بود. این بهتر بود از یک سفر فضایی ابلهانه که معمولاً زوج‌های خسته به مناسبت دهمین سالگرد ازدواجشان ترتیب می‌دهند و در حلقه‌های زحل به رقص نور در الماس‌های فضایی نگاه می‌کنند و به هم حرف‌های عاشقانه می‌زنند.

برنامه‌مان این بود: از شمال برویم تا وسط کویر، به پاسارگارد، جایی که سنگ‌های باستانی مثل استخوان‌های یک غول پیر زیر شن‌ها خوابیده بودند. می‌خواستیم طلوع و غروب خورشید را آن‌جا ببینیم، و این را هم خوب می‌دانستیم که ممکن بود دیگر در زندگی فرصتی برای دیدن این منظره نداشته باشیم. بعدها

می‌توانستیم برای بچه‌مان، که البته هنوز در حد یک جواز کاغذی بود، قصه‌ی این سفر را تعریف کنیم.

برگشتیم هتل. «بیگ او» را در پارکینگ ویژه‌ی رایت‌العباس پارک کردیم. در راه چشممان افتاد به آلمانی‌ها و اسکیموها که لخت، کنار استخر خشکیده‌ی هتل، زیر آفتاب لم داده بودند. هما گفت: «اصلاً دلم نمی‌خواد جای اینا باشم.» گفتم: «منم. اما خب، به کسی که کاری ندارن، دارن زندگی‌شونو می‌کنن.» با یک باریکه‌آب دوش گرفتیم، قرص خواب خوردیم و غرق خواب شدیم. دماسنج ۴۹ درجه‌ی سانتی‌گراد را نشان می‌داد.

صبح، ناشتا، توی «بیگ او» نشسته بودیم. نشانی پاسارگارد را به ناوبر که به ماهواره‌های روس متصل بود، دادیم. گفت: «مرد یا زن؟» به هما نگاه کردم، گفتم: «مهد اولیا یا ناصرالدین؟» هما خندید: «فرقی نداره، هولوگرام که نیست.» مهد اولیا رو زدم. یک نینجای قَجَری با آرایش غلیظ، روی صفحه لرزید، بعد با صدایی که اول خش‌دار بود، «وَإِن یَکاد» خواند، آن‌هم جوری که انگار می‌خواهد برای کویر لالایی بخواند. ناوبر گفت از «مهرسیتی» و «صفاسیتی» رد می‌شویم. احتمالاً شهرهای کوچکی بودند که از توزیع آذوقه و سوخت گذران می‌کردند. تا آنجا بر اساس محاسبات مهد اولیا یک ساعت راه بود، و با این حال دوساعت‌ونیم بعد، هنوز توی کویر چرخ می‌زدیم. هما خندید: «فکر کنم گم شدیم.» حرصم گرفت: «خنده داره؟ این ناوبر کوفتی! گندش بزنن!» ارتفاع را کم کردم، «بیگ او» دو پا بالای کویر ایستاد. مهد اولیا درجه‌ی حرارت را اعلام کرد: ۶۳ درجه‌ی سانتی‌گراد. هنوز به نقطه‌ی قرمز وارد نشده بودیم. هما دوباره نشانی را وارد کرد. مهد اولیا گفت: «پانصدوهفتاد کیلومتر تا

پاسارگارد.» معلوم بود پَرت شدیم به شرق. هیچی نبود، فقط شن و سکوت. گفتم: «دوباره وارد کن.» این‌بار مهد اولیا زمزمه کرد: «هرکس پُرگذشت باشد، عمرش طولانی می‌شود.» زدم روی دستگاه، گفتم: «هما جون، این کار نمی‌کنه.» تصویر نینجا لرزید، گفت: «نشانی را دوباره وارد کنید.» وارد کردم: پاسارگارد. مهد اولیا لکنت گرفت: «دِ دِ دویست و بی بی بیست و پنج کیلومتر.» فایده نداشت. به همه‌چیز فکر کرده بودم، جز خراب شدن ناوبر وسط بیابان. به هما گفتم: «حالا چی؟» نگاه‌کرد به دور و بر. گفت: «همه‌جا کویره، یه طرفی برو.» دورتر، کوه‌ها مثل یک خط کج‌ومعوج پیدا بودند. گفتم: «برویم سمت کوه‌ها، بدتر از این که نمی‌شه.»

پس به سمتی که فکر می‌کردم غرب باشد اما شاید هم شمال بود، گاز دادم. «بیگ او» به فاصله‌ی حداکثر یک متر از سطح زمین با سرعت ۷۵ مایل در ساعت در حرکت بود. نیم‌ساعت، شاید هم سه‌ربع که گذشت، از دل طوفان شن، پرهیب یک شهر در دوردست‌های بسیار دور پیدا شد. ناوبر چیزی نشان نمی‌داد، مثل این بود که مهد اولیا غش کرده باشد، کاملاً از دسترس خارج بود. هما، با چشمانی که از کنجکاوی برق می‌زد، نقشه‌ی کاغذی را از داشبورد کشید بیرون، پهنش کرد روی زانوهاش، مثل کسی بود که دارد به صفحات یک کتاب جادویی نگاه می‌کند. سرعت را کم کردم، «بیگ او» چندپا بالایِ زمین ایستاد. طوفان شن پشتِ سرِ ما جا مانده بود و خورشید، مثل یک پرتقال پوسیده‌ی خیلی داغ با نور سرخ پیش از غروب جلوی ما لم داده بود. کویر نفس می‌کشید. می‌شد صدای تپش قلبش را زیر شن‌ها شنید. درجه‌ی حرارت از ۷۰ درجه‌ی سانتی‌گراد فراتر رفته بود.

هما ناگهان از شادی جیغ کشید: «پیداش کردم! اینجاس. اسپادانا!»

اسپادانا؟ این دیگر چه اسمی بود؟ گفتم: «هرجا باشه، از این برهوت بهتره. با این ناوبر خراب کجا می‌تونیم بریم؟»

هما دست‌هایش را به‌هم کوبید و گفت: «من به آرزوم رسیدم! همیشه دلم می‌خواست یه همچین جایی رو ببینم.»

زیر لب گفتم: «جایی که حتی نقشه‌ها نمی‌شناسنش.»

از بالا این‌طور به نظر می‌آمد که شهر به اندازه‌ی طول یک بازو از ما دور است؛ اما وقتی پیاده شدیم، به افق که نگاه کردم، دیدم تا اسپادانا مسافتی باقی مانده. پیاده دست‌کم یک روز راه بود. به هما گفتم: «خب، به آرزوت رسیدی؟» اخم کرد، گفت: «چقدر غر می‌زنی!» ساکت شدیم. مثل کسانی بودیم که از کویر قهر کرده بودیم. پشیمان شده بودم. گفتم: «همیشه همین‌جوریه، آدم نمی‌تونه باهات راحت حرف بزنه.» کویر از بالا مثل یک تابلوی نقاشی بود، ولی حالا که توش بودیم، آفتاب مثل چکش روی سرمان می‌کوبید. هنوز ۱۵ درجه‌ی سانتی‌گراد با محدوده‌ی مرگ فاصله داشتیم و من در کویر فقط رنجِ راه رفتن را می‌دیدم.

هما گفت: «ممکنه این‌قدر با خودت غرغر نکنی؟» گفتم: «غرغر؟ اگه با خودم حرف بزنم، ایرادی داره؟ به تو که کاری ندارم!» پوزخند زد: «همیشه همین بساطه، یه چیزی به میلت نباشه، شروع می‌کنی.» داشتم از حرص می‌ترکیدم. دلم می‌خواست خوش باشیم ولی وسط این برهوت، خوشی مثل پرنده‌ای بی‌نام و نشان بود که مدت‌ها پیش پر کشیده و رفته بود و قرار هم نبود به این زودی‌ها دوباره برگردد. در همین فکرها بودم که کلبه‌ای از دور نمایان شد.

هما هم دیده بودش. گفت: «فکر می‌کنی کسی اون‌جا باشه؟» با یک دلخوری که انگار از یک عمر محنت و محرومیت باقی مانده بود، گفتم: «چه می‌دونم...»

سَمنانه هستم، خوش اومدید!

به کلبه که رسیدیم مثل دو پرنده‌ی زخمی بودیم. نفَسمان از گرما و از سختی راه بالا نمی‌آمد. رنجش‌های من و هما انگار با هر قدم توی شن‌های کویر جا مانده بود. این‌طور رنجیدگی‌ها در زندگی ما مثل سکه‌هایی بودند که از جیب سوراخ یک مسافر بداقبال در یک راه طولانی به زمین بیفتند و برای همیشه گم بشوند.

زنی نابینا روی چهارپایه‌ای جلوی کلبه نشسته بود و سرش را به عصای چوبی گِرِه‌گوله‌داری تکیه داده بود. لباس قرمز گل‌دوزی‌شده، تا قوزک پاهاش، مثل پرچمی در باد تکان می‌خورد. به مجسمه‌ای زنده شباهت داشت از جنس شن‌های کویری. به او که نگاه کردم یک لحظه مثل گربه‌ای که سایه خودش را می‌بیند دلم ریخت. اگر هما نبود، چه‌بسا راهم را کج می‌کردم و به سمت دیگری می‌رفتم.

هما اما مثل نسیم به‌طرف زن نابینا رفت، گفت: «سلام خانم. ما گم شدیم، خسته‌ییم، تشنه‌ییم. دنبال سرپناهی هستیم.»

زن دستش را دراز کرد. انگشتان بلندش، مثل شاخه‌های یک درخت خشکیده، صورت هما را لمس کرد. یک انگشتر عقیق در انگشتش برق می‌زد. مثل این بود که انگشتر یک شاهزاده‌خانم در

یک قصه‌ی فراموش‌شده‌ی کهن باشد. مدت‌ها بود که عقیق ندیده بودم. زن نابینا گفت: «من سَمنانه‌م. خوش اومدین. مهمون منید.» صداش مثل لالایی‌ای بود که کویر برایت بخواند، وقتی که درجه‌ی حرارت در یک شب زیبا به ۲۲ درجه‌ی سانتی‌گراد رسیده باشد و نسیم ملایمی هم از دوردست‌ها وزیدن بگیرد.

داشتم بخار می‌شدم

در کلبه‌ی سمنانه، روی زمین نشسته بودیم. به مخده تکیه داده بودم و پاهایم را دراز کرده بودم. سمنانه یک سینی نقره گذاشته بود جلوی ما: دو فنجان چای، دو کلوچه، و یک بطر عرق خانگی که انگار از ستاره‌های معطر در یک شب پُرستاره کشیده بودندش. هما داشت قصه‌ی زندگی‌مان را برای سمنانه تعریف می‌کرد، از برکلی تا این کویر غریب. به اصرار سمنانه یک پیاله‌عرق خورده بودم، و حالا انگار داشتم بخار می‌شدم. نه این‌که هوا گرم باشد، نه! کلبه با دیوارهای کاهگلی و یک سیستم تهویه که من ازش سر درنمی‌آوردم خنک بود، و با این حال من مثل یک‌تکه یخ توی آفتاب آب می‌شدم. حس می‌کردم تغییر ماهیت می‌دهم و به چیز دیگری بَدَل می‌شوم که نه خودم است و نه دیگری، چیزی بین خواب و بیداری.

هما که به چای و کلوچه قناعت کرده بود، دوزانو کنار سمنانه نشسته بود. مثل این بود که صدای آن‌ها از دور می‌آمد. در آن حال پرسیدم: «سمنانه خانم! این دیواراىِ کاهگلی رو خودتون درست کردین؟»

سمنانه خندید، چین‌های صورتش مثل یک نقشه قدیمی باز شد. دو دندان طلا در دهانش برق زدند. گفت: «کاهگل؟ من نه آب دارم، نه کاه، بلدم هم نیستم. آدمای پادشاه درستش کردن.»

گفتم: «پادشاه؟ مگه ایران پادشاه داره؟»

هما که صدایش حالا نزدیک‌تر بود، خندید. گفت: «چه جور پادشاهی؟»

سمنانه مثل کسی که می‌خواهد قصه‌ای از صندوقچه‌ی کویر را بیرون بیاورد گفت: «ایران؟ از ایران بی‌خبرم؛ ولی ما پادشاه داریم، یه کوتوله‌ی کرم‌پیشه که به موقع چوب می‌زنه، از موش و مار هم نمی‌ترسه، رزقش هم البته فراوونه.»

من که هنوز عرق از سر و روم می‌ریخت، گفتم: «بحثو عوض نکنیم، سمنانه خانم! کاهگل. چه‌طور شد این‌جا رو کاهگل کردید؟»

مثل این بود که کویر هم با او می‌خندید. گفت: «کاهگل؟ باشه. صبر کن.»

به عصایش تکیه داد و بلند شد. نابینا بود؛ اما از هر بینایی بیناتر، رفت از روی رف، کتابی برداشت و از میان کتاب، کاغذ تاخورده‌ای. کاغذ را به دست من داد. هشت تای کاغذ را با دقت باز کردم. به خط خوش نوشته شده بود:

«روزی منجم دولت‌آگاه در رمل نگریست و دریافت که شهریار در خواب دیده است که بی‌گناهی در سیاه‌چال اسیر، و زندان‌بان قصد دارد زهر در کامش ریزد. منجم، کتاب رمل را زیر بغل نهاد و به درگاه سلطان شتافت و گفت: ای پادشاه زمان، بدان که بی‌گناهی

در بند است! شاه که دیرباور بود، فرمان داد تا منجم را به غل و زنجیر کشند. مردِ دانش آن‌گاه گفت: "اگر باور نمی‌کنی، سمنانه را حاضر کن که او ضمیردان است."

به سمنانه نگاه کردم که وسط کلبه به عصای گره‌گوله‌دارش تکیه داده بود. گفتم: «منظورش شما هستید؟»

و بعد با صدای بلند برای هما هم همان متن را خواندم. سمنانه باقی متن را از بر بود. از حفظ، با تسلط یک بازیگر روی صحنه، یک تئاتر پساانسان‌گرا که دارد نقش آواتار اوفلیا را بازی می‌کند خواند:

«چون مرا به دربار آوردند، پادشاه پرسید: "بگو بدانم که در خواب چه دیده‌ام؟" گفتم: "تا مرا از بند مگشایی و کلبه‌ی خامم را کاهگل نکنی، راز خوابت را بازنگویم". شاه فرمان آزادی‌ام داد و گفت: "کاهگل می‌کنم". اکنون بگوی. آن‌گاه گفتم: "العالم الکل شی هوالله. هر چه کِشتی، همان درو کنی. آن بی‌گناه را از زندان رها کن".»

هما، که فنجان چای توی دستش بود، گفت: «خب، آزاد کردن زندانیا رو؟»

سمنانه گفت: «دخترم. بی‌خبرم. همینو می‌دونم که منو بردن حموم، خلعت تنم کردن، کلبه‌مو کاهگل کردن و یک سیستم تهویه هوا هم بهم هدیه دادن.»

سمنانه دوباره به طرف رف رفت، این‌بار کتابی چرمی، با جلدی ترک‌خورده برداشت. کتاب را به هما داد و گفت: «اینو نگه دار، دخترم. تاریخ اسپاداناست، قصه‌ای از روزگارانی که کویر هنوز کویر نبود و زندگی جاری بود. رمزها و نشانگانی هست توی این

کتاب از جنس سنگ‌نبشته‌های زاگرس، شاید روزی به کارت بیاد.»

هما کتاب را گرفت، انگشت‌هاش روی جلد چرمی لغزید. مثل کسی بود که گنجی کهن را لمس می‌کند. چشمانش برق زد. «رمزها؟ چه جور رمزهایی؟»

سمنانه لبخند زد، دندان‌های طلاش در نور کم‌سوی کلبه درخشید. «رمز خاک و آب، دخترم. قصه‌هایی که تویِ سینه سنگ‌ها و ریشه‌ها پنهونه. روزی که آماده باشی، خودشونو نشون می‌دن.»

سیستم فاقد دماسنج بود؛ اما دماسنج مچی من ۳۲ درجه‌ی سانتی‌گراد را نشان می‌داد که عالی بود و من در آن لحظه دیگر خوابم برده بود. مثل این بود که کویر مرا در آغوش گرفته بود.

نیمه‌شب بود که چشمانم به رویِ دنیا باز شد. همه‌جا تاریک، مثل یک بشکه‌ی خالی. دهنم تلخ بود، سرم متورم، مثل کسی بودم که از یک کابوس بلند، یا از بیماری طولانی رهایی پیدا کرده، حالا بیدار شده اما بیداری‌اش دست‌کمی از کابوس ندارد. چشمانم به تاریکی عادت کرده بود، ولی هما را نمی‌دیدم، فقط صدایش از گوشه‌ای در نزدیکی من می‌آمد. مثل زمزمه‌ای بود از تهِ چاه. گفت: «فردا صبح باید زود بزنیم به جاده. راه درازِ. همه‌چیز آماده‌س. یه ون قدیمی پشت کلبه‌س، ظاهراً کار می‌کنه. سمنانه کلیدشو داده، امانته. آفتاب که بزنه، راه می‌افتیم. فقط صبحونه‌ی مفصل باید بخوریم.»

گفتم: «همین‌جا بمونیم. بالاخره یکی پیداش می‌شه. به رایت‌العباس خبر می‌دیم که ناوبر بیگ او خرابه، ما تو کویر گیر کردیم. حتماً یکی رو می‌فرستن. کجا بریم تو این برهوت؟»

هما گفت: «نه، نمی‌شه.»

گفتم: «کی گفته؟»

«سمنانه.»

دهنم تلخ‌تر شد، سرم تیر کشید. گفتم: «سرم درد می‌کنه.»

هما گفت: «صبر کن.» صدای آب توی کاسه می‌آمد. مثل این بود که آب یک رودخانه خیالی کاسه را لبریز می‌کرد. هما کاسه را در تاریکی به دستم داد. جرعه‌ای خوردم. پرسیدم: «صبحونه چی داریم؟»

هما، که حالا سرش رو بالش بود، گفت: «یه صبحونه‌ی حسابی!»

سکوت شد، مثل این بود که کویر نفسش را حبس کرده بود. کاهگل خنک بود و خنکا مثل حبابی از جنس شبنم ما را احاطه کرده بود. در تاریکی، لبخند همدیگر را حس می‌کردیم. دو غارنشین گمشده، در جایی در حد فاصل بین هستی و نیستی، سر بر بالشت زمین. یک قصه‌ی قدیمی که صدهزار سال قبل شروع شده بود. دلم گرم بود، مثل این بود که در آغوش هفت‌آسمان فرورفته بودم.

وقتی غول پرده‌ها را کنار می‌زند

آفتاب در این گوشه‌ی دنیا مثل یک درد سحرخیز بود. هنوز شش نشده، نور از پنجره ریخت توی کلبه؛ مثل این بود که یک غول پرده‌های عالَم را به یک حرکت کنار زده باشد و بانگ برآورده که برخیزید، هنگام سفر است!

هما در خواب بود، من خیسِ عرق، انگار در هزارتوی یک حمام سوناگم شده باشم. پیراهنم را کندم. دنبال آب می‌گشتم که یک زن خوش‌رو، با موهای بلند، از در آمد تو. جا خوردم. گفت: «آب می‌خوای؟»

گفتم: «سمنانه کجاست؟»

خندید، دو دندان طلای او برق زدند. لباس قرمز گل‌دوزی‌شده تنش بود، همان که دیروز سمنانه پوشیده بود. گفت: «من سمنانه‌م. به این زودی یادت رفت؟»

فکر کردم شاید نوه‌اش است، هم‌نام او که شبانه به دیدار مادربزرگ نابینایش آمده. گفتم: «سمنانه سه برابر تو سن داره، نابینا هم هست.»

با صدای بلند خندید. با لهجه‌ای غریب گفت: «من اون چیزی که فکر کردی نیستم. من زنی‌ام که هر کی باهام بجوشه، دلش شاد می‌شه.»

هما از سر و صدا بیدار شد، سرش را به دستش تکیه داد. گفت: «چی شده؟»

گفتم: «این خانم می‌گه سمنانه‌س.»

هما گفت: «خیسِ عرقی، خوبی؟»

گفتم: «گرممه. انگار ظهره.»

هما چابک بلند شد، گفت: «صبح بخیر، سمنانه خانم.»

زن موبلند، با چشمانی که انگار ستاره‌ها توش جا خوش کرده بودند، گفت: «صبح بخیر، دخترم. خوب خوابیدی؟»

چه اتفاقی افتاده بود؟ سمنانه کجا غیبش زده بود؟ این زن جوان، با چشمان بینا حقیقت داشت یا سمنانه‌ی نابینا و سالخورده؟ هما خندید. گفت: «نگران نباش، عزیزم. هولوگرامه. یه هولوگرام ویژه که ندیدی. سه‌بُعدی که می‌تونه تغییر چهره و حتی تغییر شخصیت بده.» بعدش هم رفت بیرون که آبی به دست و صورتش بزند. من وسط کلبه ایستاده بودم، عرق می‌ریختم، و زنی که سمنانه نبود، ولی ادعا می‌کرد سمنانه است رفته بود که بساط صبحانه را جور کند.

توشه راه را که انگار مشتی خاطره بود، توی یک ساک سبک ریخته بودم. صبحانه خورده بودیم و حالا به سمت ون می‌رفتیم، یک ون زنگ‌زده که پشت کلبه، وسط کویر بیش از یک قرن بود که به حال خود رها شده بود. سمنانه، یا زنی که تا دیروز سالخورده و نابینا بود، حالا جوان و سبک‌بال مثل این بود که روی ابرها راه می‌رفت. هما پرسید: «این ساک چیه؟»

گفتم: «هیچی خالیه. برای دلخوشی. مثل قدیما. همان‌طور که توی کتابا می‌نوشتن.»

هما جلوتر بود، سمنانه جلوتر از او. سایه‌مان روی کویر دراز و دازتر می‌شد و درجه حرارت هم حالا دیگر از ۵۰ بالاتر می‌رفت، و با این همه سمنانه سایه نداشت، مثل یک روح بود که کویر او را به ما قرض داده بود. من که هنوز عرق می‌ریختم، آرزو کردم کاش هولوگرام بودم. آن موقع نه تشنه بودم و نه سنگین. هما گفت: «سمنانه خانم، تا اسپادانا چقدر راهه؟»

گفت: «تا غروب می‌رسین.»

گفتم: «اگه نرسیم چی؟»

هما گفت: «می‌رسیم.»

ون گشت ارشاد

از سَمنانه یا از زنی که ادعا می‌کرد سَمنانه است، خداحافظی کردیم. هما را تنگ در آغوش گرفته بود. پیشانی هما را بوسید، در گوش او چیزی گفت که من نفهمیدم و بعدش هم مثل خاطره‌ای که با باد می‌آید، از ما جدا شد. یک لحظه دیدمش که پشت خاکریزها از نظر ناپدید می‌شد. در آن لحظه از روز مثل یک پرنده‌ی سرخ بود که پیش از آغاز فصل انقراض، در غبار پر می‌کشید. به هما گفتم: «چی گفت؟»

هما گفت: «از یه جویبار حرف می‌زد در دامنه‌ی زاگرس. از یه نقشه.»

برای من در آن لحظه یک جویبار در دامنه‌ی زاگرس مثل یک تصور هذیانی بود. خورشید در پهنه‌ی آسمان خودش را بالاتر کشیده بود، نرم‌بادی هم وزیدن گرفته بود.

درهای جلوی ون گشت ارشاد انگار با یک جوش غول‌پیکر مهر و موم شده بود، فقط از درِ کشویی عقب بود که می‌شد سوار خودرو بشوی. دستگیره درِ کشویی ون زنگ‌زده بود، انگار سال‌ها منتظر یک دست غریبه مانده بود. وقتی گرفتمش، مثل یه کلید تو قفل قدیمی جا افتاد. با یک فشار، در غژغژکنان باز شد، داخل ون که تاریک بود، با چراغ‌های سقفی چشمک‌زن روشن شد. موتور خودش استارت خورد. مثل این بود که هیولایی خواب‌آلود بیدار

شده بود. دود سیاه از پشت ون در هوا بلند شد و بوی گازوئیل کویر را پر کرد. من و هما روی نیمکت عقب لم داده بودیم که «کی‌وان»، راننده‌ی خودکار ون، مثل یک فانوس نفتی در یک خانه‌ی متروکه، پت‌پت‌کنان روشن شد. یک مرد درشت‌هیکل، با ریشی که انگار صورتش را قورت داده بود، کلاه پشمی به سرش، چفیه، دور گردنش برگشت و با چشم‌هاش که مثل چشم‌های یک گاو توی چهره‌ی یک آدم نانجیب بود، با صدای نتراشیده نخراشیده‌ای گفت: «آماده‌این؟»

هما گفت: «تا اسپادانا چقدر راهه؟»

کی‌وان دستی به ریشش کشید، چشم‌هاش که از جنس ال ای دی بودند، درخشیدند، گفت: «اگه خدا بخواد، می‌رسیم. هر کی تو سفر ۱۶۱ بار دعای سَلامُ بخونه، از دزد و درنده و نکبت در امانه. یا سَلامُ تَسَلَّمتَ بِالسَّلام... آبجی.» کلمه‌ی «آبجی» رو با یک خنده‌ی هرزه کش داد و این‌طور بود که دندان‌های سفیدش مثل صدف‌های ساحل درخشیدن گرفتند.

گفتم: «مگه برنامه‌ت این نیست که ما رو به مقصد برسونی؟ چرا معطلی؟»

کی‌وان پوزخند زد: «این خانوم، زیبایی خیره‌کننده‌ای دارن.» بعد، مثل یک سرباز وظیفه‌شناس، دست به فرمان برد و ون گشت ارشاد مثل یک وسیله‌ی نقلیه که از فصلی از یک کتاب تاریخ به یک داستان دیستوپیایی راه پیدا کرده باشد، توی کویر با سرعت متوسط ۱۱۰ کیلومتر در ساعت به راه افتاد. پنجره‌ی جلو باز بود و باد توی صورتمان شلاق می‌زد. آسمان آبی به تیرگی می‌زد، و خورشید پشت غبار توی خون غرق شده بود. کی‌وان پخش

موسیقی را روشن کرد، صدای مداح توی ون پیچید. هما توی گوشم زمزمه کرد: «کاش برنامشو یه جور دیگه نوشته بودن.»

باد صورتم را نوازش می‌کرد و در همان حال سر هما روی شانه‌م بود، موهاش بوی گندمزار می‌داد و مثل این بود که از یک دشت خیالی رد می‌شدیم. هما نجواکنان گفت: «بهت نگفتم، نخواستم نگران شی. تو کلبه، سمنانه کف دستمو دید، فالم رو گرفت. یه لحظه چند تصویر جلو چشمم اومد. تو بودی، یه کوتوله، چند تا درخت و یه خونه‌ی گِلی.»

نه من و نه هما، هیچ‌کدام به فال اعتقادی نداشتیم. با این‌حال دلم شور افتاده بود. گفتم: «خب؟»

ون تکان می‌خورد. مثل این بود که روی موج‌هایی از شن شناور است. چشم‌هایم سنگین بود، ولی خوابم نمی‌برد. مثل این بود که کوه‌ها از دور کویر را در آغوش گرفته بودند. سرم را به سر هما تکیه دادم. گفت: «چیز مهمی نبود. فقط چند تا تصویر. تو انگار تو مخمصه بودی. نمی‌دونم، شاید خستگی بود، شاید خیال؛ ولی حس کردم بینمون جدایی افتاده. انگار عمرت داشت تموم می‌شد، منم پر از نگرانی بودم.»

چشم‌هایم بسته شد. فکر کردم کاش ون هیچ‌وقت توقف نکند و ما هم هیچ‌وقت به اسپادانا و به هیچ‌جای دیگری در این دنیا نرسیم، فقط من و هما، این‌طور، کنار هم، تا ابد در راه باشیم. هما گفت: «تو آخرین تصویر، تو مرده بودی.»

چشم باز کردم. کوه‌ها نزدیک‌تر بودند. با چند بوته‌ی خار در اطراف جاده، اولین نشانه‌ی زندگی در این برهوت. گفتم: «مطمئنی سمنانه چیزی بهت نداده بود؟»

گفت: «نه، مطمئن نیستم؛ ولی می‌دونم تو مرده بودی.»

گفتم: «شاید نباید می‌اومدیم...»

هما گفت: «من خوشحالم. ترسی ندارم. دیگه نمی‌تونستم تحمل کنم. خونه‌های رنگی، رفاه مصنوعی. دار و دسته‌ی تبهکارا. رابین‌هودهای مدرن که هر روز خبرسازن. سال‌هاست از خودم می‌پرسم ایران، کشوری که اجدادم توش زندگی کردن، چه شکلیه. ما قصه‌ها شنیدیم، غذای ایرانی خوردیم، یلدا و نوروز رو جشن گرفتیم، به فارسی حرف زدیم، بچه‌هامونو با این زبون بزرگ کردیم، ایران رو تو ذهنمون ساختیم، ولی این ایران واقعی نیست. من می‌خواستم حقیقتشو ببینم. حالا هر چی به عمقش نزدیک‌تر می‌شیم، ایران خیالیم واقعی‌تر می‌شه.»

گفتم: «فکر کن، صدسال پیش، تو همین زمینا، مردم توی گرگ‌ومیش خاکو بیل می‌زدن، آب جایی همین نزدیکا جاری بود.»

هما گفت: «زمین درو شده، با بوی گندمی که هیچ‌وقت تو زندگی‌ت نشنیدی.»

گفتم: «مثل بوی موهای تو.»

لبخندهامان در نگاه‌هامان به هم گم شد.

هما کتابِ چرمی‌ای که از سمنانه هدیه گرفته بود را ورق می‌زد. گفتم: «دنبال چی هستی؟»

گفت: «ببین چه تاریخ جالبی! سمنانه گفته بود این قصه‌ی اسپاداناست، پر از رمز و راز. شاید به جویبار هم راه پیداکنه.»

گفتم: «چی نوشته حالا؟»

هما لبخند زد، گفت: «یه قصه‌ی قدیمی، از روزگارانی خیلی دور از ما.

گوش کن!»

صدایش مثل نسیم بود در هوای گرگ‌و‌میش، و در همان حال ون با سروصدا به راه خود ادامه می‌داد و ما را به اسپادنا می‌رساند.

فصل دوم

هما با صدایی که مثل نسیم در هوای گرگ‌ومیش بود، فصلی از کتاب اهدائیِ سمنانه را می‌خواند:

چنان‌که معروف یمنی اسپادانی در رساله‌ای در ذکر بلد اسپادانا از ایران‌زمین روایت نموده، بنیان این شهر به دست دو کدخدازاده‌ای از خاندانِ حاج مروج که سیمین نام داشت، نهاده شد. صاحب «سیمین‌نامه» که در عهد رهبری سوم می‌زیست، در نوشته‌ای از این بانو یاد کرده و به نقل از اناجین و دهقانان آورده که، سیمین بر ویرانه‌های اسپادان پنج بنای عظیم برپا ساخت: سارویه، و فخرین، و زرین، و متراس، و صیفیا.

به مرور ایام، این عمارات به هم پیوست و قریه‌ای معتبر پدید آمد. لیکن این حکایت را نه می‌توان رد کرد و نه تأیید، زیرا در آن اعصار به سبب فتنه‌های بسیار، تواریخ معتبر معدود بوده است.

اما آن‌چه مورد اتفاق اهل تحقیق است، این است که، پس از مصائب و خرابی‌هایی که بر مملکت وارد آمد، حاج مروج بر طایفه‌ی شیخ ابراهیم سفاح که بر ایران، و بعضی از عراق و شام، و شرق جزیرة‌العرب، و یمن حُکم می‌راندند، قیام نمود. مورخان قدیم گویند بیشتر این قوم ستم‌پیشه بودند و در آن اوقات به سبب بی‌نظمی و جور، سلطنت سفاح رو به ضعف نهاد. پس حاج مروج هجوم آورد و خلقی بی‌شمار به او پیوستند و شوکتش فزونی یافت تا آن‌که لشکرش اسپادانا را فتح کرد. عامل شیخ را اسیر کرده، به قتل رساندند. یکی از اولاد شیخ گریخت و کسی را یارای دسترسی به او نبود. دیگری خود را در حجره‌ای به دار کشید و قبرش ناپیدا ماند. بدین ترتیب دولت سفاح منقرض شد و حاج مروج به حکمرانی رسید، اما تخت و تاج را وانهاده به خلوت نشست. این روایت مورد اتفاق مُوَرخان است.

و چنین روایت شده که روزی سیمین به کنیزکان فرمود: «فرش شاهی به باغ برده بگسترانید.» کنیزکان فرشی فاخر به باغ بردند. چون به نزدیکی نشیمنگاه رسیدند، جوانی خوش‌سیما دیدند که از حسنش حیران شدند. شادمان نزدیک رفته پرسیدند: «ای جوان، تو کیستی و از کجایی؟ نامت چیست؟»

جوان پاسخ داد: «از فرزندان آدمم، از یمن رانده‌ام.»

پرسیدند: «یمن کجاست؟»

گفت: «شهری است بر کنار بحر محیط، نزدیک به دیار عرب. تقدیر مرا بدین سامان کشانده.»

کنیزکان فرش را گستردند و نزد سیمین آمده گفتند: «ای ملکه، جوانی یمنی آمده، خوش‌منظر و خوش‌خُلق است.»

سیمین فرمود: «خاموش باشید!»

معروف یمنی در «سیمین‌نامه» آورده که سیمین هر روز به آن جوان عنایتی تازه می‌فرمود و می‌گفت: «این‌که تقدیر او را از کنار دریا به این دیار آورده، از الطاف الهی است.» چندان در مدح او سخن گفت که وصفش در نوشته نگنجد. تا آن‌که حاج مروج از خلوت برخاست و فرمان داد آن یمنی را گردن زنند. سرش را بر نیزه کردند و در شهر گرداندند. از خونش خوراکی ساختند و پیش سیمین نهادند. سیمین دست به طعام برد ولی نخورد. حاج مروج پرسید: «ای نور دیده! مگر غذا خوش نیست؟»

سیمین خشمگین کنیزکان را سرزنش کرد: «ای نادانان، چرا طعام بی‌مزه پختید؟» گفتند: «همان‌گونه که همیشه می‌پزیم.» و از آن پس، محبت آن یمنی از دل سیمین برخاست. شبی که هنوز

دیروقت نبود، به کار دیوان بازگشت. پس از یک ماه، شکمش برآمد. حاج مروف حیران شده دست بر شکم او نهاد و دانست که از آن یمنی حامله است. پرسید: «ای روشنی چشم، این چه شکم است؟»

گفت: «نمی‌دانم.»

حاج مروج دخترش را به عقد خود درآورد و در اسپادانا رسمی نو بنیان نهاد: دختران را کدخدا کردند و به نکاح خویش درآورده، خود به خلوت نشستند. لیکن این حکایت را نه می‌توان رد کرد و نه تأیید.

معروف یمنی گوید: از محلات معروف اسپادانا، میدان جام‌آبریز است که، گِرداگِردش خانه‌ها ساخته‌اند و چهار دروازه دارد: یکی به دیوانخانه؛ و دیگری، به اندرون؛ و سومی، به لشکرگاه؛ و چهارمی، به بازار.

پیش از آن حوضی بزرگ بود که خشک شد. در سمت مشرق، مسجد جامع قرار دارد که مردان به عزلت نشینند و زنان در بازار و عمارات دیوانی به کسب مشغول باشند. در مغرب کتابخانه‌ای.

اسپادانا دو دروازه‌ی اصلی دارد: یکی به سویِ مغرب، و دیگری به سوی مشرق که به بیابان‌های ناشناخته راه می‌برد. گِرداگرد دروازه‌ها، نهری عریض با کناره‌های سنگی بود که آبش قطع شد و تعمیرش میسّر نگشت. زندان اسپادانا چنان محکم است که از صدمه توپ آسیبی نبیند. راهزنان و یاغیان و کسانی که به رسوم قدیم نکاح پایبند باشند و از خلوت گریزان، بدانجا فرستاده می‌شوند تا وقتی که رأی خود را تغییر ندهند، رهایی نیابند.

از محلات نیکو، باغ سلاطین است که سیمین بنیانش نهاد. بر دیوارهایش نگاره‌های درختان و چشمه‌ها نقش بسته که به اراده‌ای تغییر می‌یابند. گرداگردش حجره‌ها ساخته‌اند، و در میانش تالاری رفیع با ستون‌های بلند، و سقف مرتفع قرار دارد که حوضی خیالی در وسطش هست و به اشاره‌ای آب نُمایان می‌شود.

این تالار محل استراحت زنان است و از فراز آن شهر و بیابان پیداست. در پشت عمارات شاهی، میدانی کوچک با حجره‌ها و سربازخانه و جایگاه منشیان وجود دارد که دو دروازه دارد: یکی به قصر و دیگری به کاروانسرا.

و این‌طور بود که ما سرانجام رسیدیم.

مثل خطی بر روی بازوی یک معتاد پیر

خندق اسپادانا شبیه خطی بود که یک معتاد پیر با تیغ، روی بازویش کشیده باشد: خشک، بی‌روح، پر از خاطراتی که دیگر کسی به یاد نمی‌آورد. حصارهای شهر گِلی اما، مستحکم بودند.

دروازه‌ی چوبی با صدایی شبیه سرفه‌ی یک مرد سیگاری باز شد. چهار بادجامه‌ی آهنی بالای دیوار ایستاده بودند؛ در آن وضع، مثل مجسمه‌های یک نمایشگاه هنری معیوب بودند که کسی فراموششان کرده بود. باد گاهی بال‌های زنگ‌زده را تکان می‌داد، انگار می‌خواست بگوید: «بیدار شید، نمایش شروع شده.»

کوچه‌های تودرتو، مثل رگ‌های یک بدن پیر، توی شهر در هم می‌شدند و در هم می‌پیچیدند. دیوارهای کاهگلی، پر از تَرَک، مثل

این بود که هر کدام قصه‌ای برای گفتن دارند با سمنانه‌ای در پس هر دیوار، که به ترفندی، هر روز به شکلی نمایان می‌شود. هما گفت: «این‌جا انگار زمان گم شده.»

من گفتم: «یا شاید هم ما توی زمان گم شدیم.»

بوی کاهگل و زعفران توی هوا موج می‌زد و با قدری غبار که انگار از ستاره‌های مرده می‌باریدند می‌آمیخت. زنان جوانی در حجره‌هایی پشت دار قالی نشسته بودند و نخ‌های رنگی را در هم می‌بافتند، مثل این بود که می‌خواستند نقشه‌ی گمشده‌ی بهشت را از روی یک برنامه‌ی قبلی، با چاپگر سه‌بعدی، از نو ترسیم کنند. صنعتکارها در کارگاه‌های تاریک، با چکش، روی سینی‌های مسی می‌کوبیدند. صدای آن‌ها مثل صدای عربده‌های یک آدم عاصی توی کوچه‌ها طنین می‌انداخت. هوا ۶۱ درجه‌ی سانتی‌گراد بود و من واقعاً مطمئن نبودم که خون در رگ‌های صنعتکارها در جریان باشد. ربات‌های طراحی شده برای میراث فرهنگی و جلب گردشگر هم به همین خوبی می‌توانستند همه‌ی این کارها را، آن هم در چنین هوایی که آدم را بی‌تاب می‌کرد انجام دهند.

هما مثل کسی که دارد در خواب یا در بیداری با خودش حرف می‌زند گفت: «این‌جا شبیه رؤیای ناتمومِ یک آدم تب‌کرده‌س.»

گفتم: «یا شاید هم یه کابوس تکراری.»

میدان اصلی ــ میدان جام آبریز ــ یک دایره‌ی خاکی با حوضی خشک شبیه دهان باز یک ماهی مرده بود. پیرمردها و پیرزن‌هایی دور میدان حلقه زده بودند و تسبیح می‌انداختند، مثل این بود که شمارش معکوس برای پایان جهان را می‌شمردند یا دارند در گوش خداوند رازی را نجوا می‌کنند. یک خانم داروغه، با موهای

جوگندمی، با ردایی به رنگ خاک و یک شمشیر لیزری در دست، در میانه‌ی میدان ایستاده بود. مثل یک بازیگر بد فیلم‌های علمی- تخیلی در دهه‌ی ۲۰۶۰ بود. یکی از همان فیلم‌های باسمه‌ای کمپانی نیو ویژن پیکچرز که وقتی به دقیقه‌ی نود می‌رسی، اولش را کاملا از یاد برده‌ای، [حالا بماند که فیلم‌های گلوبال هلوگرامز هم چندان چنگی به دل نمی‌زنند.] در هر حال خانم داروغه به ما نزدیک شد. گفت: «غریبه‌اید؟»

هما جواب داد: «توریستیم.»

داروغه گفت:«در اسپادانا همه غریبه‌ان.» بعدش هم ته‌سیگارش را جوری روی زمین انداخت که انگار آخرین سیگار جهان بود.

چشمانش را ریز کرد و به من خیره شد. گفت: «آقا کی باشن؟»

جوابش را ندادم. هما دستم را گرفت. دستش مثل حریر بود. گفت: «می‌خوایم کتابخونه شهر رو ببینیم.»

گفت: «کتابخونه دوره. پیاده خسته می‌شین. بذارین برسونمتون.»

هما به من نگاه کرد. گفتم: «لازم نیست، پیاده می‌ریم.»

داروغه گفت: «از میدون برین چپ، تا تهِ کوچه‌ی سوم. تا اون‌جا که بادجامه‌ها سه‌کنج دیوار لم دادن. یه در گِلی می‌بینید، روش یه نقش اسلیمی داره. انگار یه مار کویری روش خزیده. بزنین به در، کتابخونه همونه.»

من گفتم: «تابلویی، چیزی نداره؟»

هما دستمو فشار داد، راه افتادیم. هما گفت: «آخه این چه سؤالیه؟ نمی‌بینی همه‌ی خونه‌ها و همه‌ی خیابون‌ها و کوچه‌ها مثل هم‌ان؟»

به هر حال ما خداحافظی کردیم و رفتیم و داروغه هم که بی‌شباهت به زنان قَجر نبود، ایستاده بود ما را نگاه می‌کرد؛ تا این‌که بالاخره او از نظر دور شد. کوچه‌ها مثل ماری که خودش را دور طعمه می‌پیچد که او را ببلعد، ما را در خود فرومی‌بردند و بعد تف می‌کردند بیرون؛ و این‌طور بود که از کوچه‌ای به کوچه‌ای دیگر درمی‌آمدیم. من گفتم: «حالا چرا از این‌همه جا باید بریم کتابخونه؟»

هما گفت: «سمنانه بی‌خود از جویبار حرف نزد. حتماً درکتابخونه نقشه‌ای، چیزی پیدا می‌شه...»

گفتم: «خب، بر فرض هم که پیدا شد. بریم کنار جویبار که چی بشه؟»

هما ترجیح داد چیزی نگوید. بادجامه‌ای شکسته، مثل یک پرنده فلزی که بالش را گم کرده باشد، کنار یک دیوار کاهگلی لم داده بود. آن طرف‌تر لاشه‌ی دو بادجامه‌ی دیگر که مدت‌ها پیش از کار افتاده بودند، گوشه‌ای افتاده بود. در چوبی، با نقش اسلیمی که انگار دست شیطان ـ یا شاید هم خدا ـ آن را در خواب کویر کشیده بود، مقابل دیدگان ما قرار داشت. در زدم. اتفاقی نیفتاد. باز هم در زدم، بی‌فایده بود. هما گفت: «بکش کنار، بذار من در بزنم.» کنار کشیدم. هما که در زد، در ناله‌کنان مثل یک زخم کهنه باز شد.

مثل این بود که دیوی در قصه‌ای کهن از خواب بیدار شده باشد. ما وارد دهان دیو شدیم.

دیدار با کتابدار، آشنایی با کاپیتان مارتین

در کتابخانه‌ی اسپادانا، قفسه‌های چوبی پر از کتاب‌های چرمی، مانند یک جنگل کاغذی در تاریکی نفس می‌کشیدند. مثل این بود که هر کتاب یک سرود کهن را زمزمه می‌کرد که ترجیع‌بند آن «خون و انقراض» بود.

کتابدار عینک گردی به چشم داشت که روی بینی کجش لغزیده بود. مثل این بود که ریش انبوهش سال‌ها خاک کویر را به خود گرفته بود. ردای زرد پوسیده‌اش در نور کم‌سویِ کتابخانه مثل پرچمی بود که دیگر بادی برای تکان دادنش باقی نمانده باشد؛ با آن وضعیت، پشت میز چوبی نشسته بود. انگشتان لاغرش صفحه‌ی کتابی را لمس می‌کرد. نگاهش که به ما افتاد، لحظه‌ای چشمانش برق زد. تعجب کردم. شبیه کسی بود که او را زمانی دیده بودم اما به یاد نمی‌آوردم. دقیق شدم. کتاب تویِ دستش «سقط جنین» بود، از رمان‌های محبوب من در دوران دانشجویی. ماجراها در کلینیک سقط جنین شبیه به «سوپرمارکتی از رویاهای شکسته» اتفاق می‌افتاد، با قفسه‌هایی پر از شیشه‌های حاوی «امیدهای از دست رفته». کتابدار به ما خیره مانده بود. گفت: «کتاب می‌خواین؟»

گفتم: «اسم اون خانمِ تو "سقط جنَین" چی بود؟»

کتابدار خندید، مثل این بود که کویر باهاش خندید. عینکشو جابه‌جا کرد، گفت: «ویدا، همون که توی کلینیک کار می‌کرد، یه جورایی مثل من، که سر از این‌جا درآوردم. "سقط جنین" درباره زندگی‌های متولد نشده است. همون‌جور که توی این برهوت، شما

دنبال یه چیزی هستین که شاید هیچ‌وقت، هیچ‌جا نوشته نشده باشه. سفری که شروع کردین، از کلبه‌ی سَمنانه تا این‌جا، یه جور سقط جنینه: یه قصه که می‌خواد شکل بگیره، مثل تولد یه نوزاد، ولی شاید هیچ‌وقت اون قصه کامل نشه و اون نوزاد به دنیا نیاد. ویدا توی اون کلینیک سقط جنین کار می‌کرد و دنبال راهی بود که به بهشت برسه، ولی خب بعضی راه‌ها به جایی نمی‌رسن.»

هما کلافه پا به پا شد. گفت: «می‌شه موضوعو عوض کنیم؟» صداش لرزید یا من خیال می‌کردم صداش می‌لرزد؟ کتابدار نگاهش کرد. بعد، مثل کسی که بخواهد بحث را عوض کند، کتابش را بست، از جا بلند شد، و رو به ما کرد و گفت: دوست دارم براتون یه شعر بخونم.

هما گفت: بفرمائید خواهش می‌کنم.

و بعد با صدایی که از جنس نسیم بود شروع کرد به خواندن شعر «بخت یارت باشد، کاپیتان مارتین»:

بخت یارت باشد، کاپیتان مارتین،

که راهت به سوی دریا باز شود...

گفتم: «این شعرو از حفظم.» کتابدار خندید. دندان‌هاش برق زدند، جوری که من یک لحظه دل به شک شدم. با خودم گفتم نکند او ربات یا هولوگرام است؟ یعنی نور ال ای دی بود یا دندان‌های واقعی، از همان‌ها که توی دهان همه‌ی ما هست؟ گفت: «خب، پس می‌دونی که حرف شعر چیه؟ آدما همیشه به هم می‌رسن، بعد جدا می‌شن، مثل موجای دریا، مثل شما دو تا تو این کویر. یه روز می‌رسین به هم، یه روز هم گم می‌شین توی این راه‌های تو در تو.»

هما، که انگار دیگه طاقتش سر آمده بود، گفت: «نقشه‌ی اسپادانا دارین؟»

من گفتم: «صبر کنید.»

هما گفت: «چی شده مگر؟»

به هما نگاه کردم، قلبم تند می‌زد. گفتم: «هما جون، این کتابدار انگار از یه خواب قدیمی دراومده. واقعی نیست، نه؟ شعر کاپیتان مارتین مال دریاست، ولی ما وسط کویر گم شدیم. این یعنی چی؟ انگار همه‌چیز تو این دنیا یه سیگنال گمشده‌ست، مثل من که هنوز نمی‌دونم کی‌ام، از کجا اومدم. هما دستم را فشرد، چشمانش پر از مهر بود. گفت: «تو خودتی، همین‌جا، کنار من. لازم نیست دنبال چیزی بیشتر از این باشی. ولی اگه این کتابدار هولوگرامه، شاید داره بهمون می‌گه که راهمونو باید خودمون پیدا کنیم.»

در این فاصله کتابدار رفته بود سراغ قفسه‌ها. مثل کسی بود که در یک جنگل کاغذی دنبال یک راز می‌گردد. به هما گفتم: «ممکنه کاپیتان مارتین نام یک برنامه‌ی ناوبری منسوخ باشه که حالا به شعری نوستالژیک تبدیل شده.»

هما نشنیده گرفت. با صدای بلند گفت: «حالا که به زحمت افتادین، اگر نقشه‌ای، نشانی از یه جویبار در دامنه‌ی زاگرس هم دارین لطف کنین.»

صدای کتابدار از پشت قفسه‌ها می‌آمد. گفت: «سمنانه بهتون آدرس داده؟»

من به کنایه در گوش هما گفتم: «سمنانه این‌جا خیلی سرشناسه‌ها!»

هما اشاره کرد که ساکت باشم. بعد با صدای بلند گفت: «بله. سمنانه آدرس داد.»

کتابدار گفت: «شماها به نقشه هیچ احتیاجی ندارین. این‌جا راه‌ها خودشون تورو پیدا می‌کنن.» بعد در همان حال از قفسه یک کتاب چرمی، با جلد تَرَک‌خورده، کشید بیرون. به طرف هما آمد و گفت: «بفرمائید خانم زیبا. ارزانی شما باد.»

و باز دوباره دندان‌هایش درخشیدن گرفتند. این بار تردید نداشتم که نور ال ای دی‌ست. ما این‌جا با یک حافظه‌ی مصنوعی، با یک دنیای ساختگی، با رویدادهای تکرارشونده در یک جهان بسته سر و کار داشتیم. یکی از محصولات «کرایسس فیلمز» شاید؟

هما داشت نام کتاب را زیر لب زمزمه می‌کرد: « قصه‌های کویر، از سمنانه تا آشتیان» و بعدش هم شروع کرد به تورقِ کتاب.

من ایستاده بودم پشت سرِ او و از روی شانه‌ی او به صفحات کتاب نگاه می‌کردم که با هر حرکت انگشتان هما، چون موجی بر موجی می‌لغزیدند تا این‌که سرانجام هما روی یکی از صفحات متوقف ماند. به خط خوش نوشته شده بود: «بادجامگان را بجوی که فردوس در کرانِ بیابان نهان است.»

کتابدار لم داد به میز و گفت: «این کتاب می‌گه آدما تو سفرشون به هم می‌رسن، جدا می‌شن، ولی همیشه یه جایی، یکی منتظرشونه. آشتیان، بهشت شماست؛ ولی یادتون باشه، بهشت هم یه قصه‌ست، مثل اسپادانا، مثل این کتابخونه. راهتونو ادامه بدین، ولی نذارین راه شما رو ادامه بده.»

هما کتاب را بغل کرد. گفت: «مرسی، جناب کتابدار.»

من گفتم: «تو چرا این‌جایی؟»

خندید. گفت: «من همیشه تو کتابخونه‌ها گمم. برین، بادجامگان منتظرن.»

معمای حل نشدنی کوچه‌ها

از کتابخانه زدیم بیرون. دوشادوش هم می‌رفتیم. کوچه‌ها مثل یک معمای حل‌نشدنی تودرتو بودند و درهمان‌حال چند بادجامه بر فراز حصارها غژغژکنان در پرواز بودند. کتاب مثل یک فانوس در تاریکی کویر در دست هما بود. شهر مثل یک تابه، داغ بود، پر از تبهکار و کلاهبردار؛ اما خالی از مردم. تعجب هم نداشت. درجه‌ی حرارت دیگر کم‌کم داشت به ۶۱ درجه‌ی سانتی‌گراد می‌رسید. هیچ بچه‌ای در کوچه‌ها بازی نمی‌کرد. هیچ زنی زنبیل‌به‌دست نرفته بود خرید. دست هیچ مردی نان نبود. کسی به خانه نمی‌رفت. کسی هم از خانه‌اش بیرون نمی‌آمد. تا چشم می‌دید، تبهکار و کلاهبردار می‌دیدی که چشم‌هاشن مثل خنجر توی وجود آدم فرومی‌رفت. یک عیّار، با موهای رها بر شانه و خنجر لیزری که پَر کمرش بسته بود، به هما زل زد، گفت: «خانم‌خانما جایی می‌خوای بری؟» هما خندید، مثل نسیمی که کویر را دست می‌اندازد گفت: «راهمونو خودمون پیدا می‌کنیم.» دلم گرفت، ولی به روی خودم نیاوردم. یک پهلوان دیگر، با سبیل‌های تاب‌خورده و بازوهای گنده، از در یک قهوه‌خانه پرید بیرون، صدایش مثل زنگ زورخانه بود: «غریبه‌این؟ مهمونخونه می‌خواین؟» گفتم: «آقا، یه جا برای استراحت سراغ دارید؟» به هما نگاه کرد، با

پوزخند گفت: «اون‌ور مِیدون، یه جای تمیز، در خدمت باشیم...» هما دستم را گرفت، گام‌هایمان را تندتر کردیم؛ مثل این بود که داشتیم از چیزی که نمی‌شناختیم یا کسی که نمی‌دیدیم فرار می‌کردیم. از یک دام شاید.

مهمانخانه یک ساختمان کاهگلی بود، با یک درِ چوبی که انگار سال‌ها پیش یک غول عصبانی با لگد شکسته بودش. توی قهوه‌خانه یک پیرزن با قبای زرد، پشت پیشخوان ایستاده بود. مثل این بود که حداکثر دو یا سه‌روز از زندگی‌اش باقی‌مانده. گفت: «به مهمونخونه‌ی همیشه‌خالی خوش اومدین! هر اتاقی رو که دوس داشته باشین، تقدیمتون می‌کنم.» بعدش هم خندید. دندان نداشت.

هما گفت: «ما فقط می‌خوایم استراحت کنیم. توقع زیادی نداریم.»

پیرزن مثل کسی که بهش برخورده باشه، گفت: «خانوم‌خانما! من دارم بهت محبت می‌کنم. دارم مهمون‌نوازی می‌کنم.»

من گفتم: «خیلی ممنون از لطف‌تون. چشم‌انداز اتاقمون خوب باشه. تمیز باشه. دلگیر نباشه.»

پیرزن گفت: «باریکلا پسرم. اتاق شماره‌ی ۳۴۶ پنجره‌ش به قصر حکیم آگوستین وامی‌شه. خدمت شما آقای چیزفهم.»

یک کلید زنگ‌زده گذاشت روی پیشخوان. کلید را برداشتم و راه افتادیم توی راهروی تاریک. پله‌ها مثل یک آواز غمگین و فراموش‌شده‌ی کویری زیر پا صدا می‌دادند. اتاق، یک تخت چوبی داشت، با یک تشک نازک. پنجره‌اش هم به قصر باز می‌شد. همان عمارت توسری‌خورده که گنبد کجش مثل یک کلاه کهنه روی سرِ یک مرد ژنده‌پوش خودنمایی می‌کرد. دماسنج اتاق روی عدد ۴۸

درجه سانتی‌گراد متوقف مانده بود. دماسنج من اما می‌گفت: درجه‌ی حرارت ۵۶ درجه است، فقط یک درجه پایین‌تر از بالاترین حد مجاز. چه‌کار می‌توانستیم بکنیم؟ ظاهراً دستگاه تهویه خاموش بود.

روی تخت دراز کشیدیم، خسته بودیم، مثل این بود که کویر شیره‌ی جانمان را مکیده بود. هما، که همیشه مثل یکی از بادجامگان آهنی قوی بود، حالا چیزی مثل تردید توی چشماش بود. گفت: «فکر می‌کنی بچه‌دار شدن تو این دنیا عاقلانه‌س؟» صداش لرزید. گفتم: «قبول. اما اگه جواز اداره‌ی خانواده باطل شه، پشیمون نمی‌شی؟»

هما به سقف زل زد، مثل کسی بود که دارد ستاره‌های گمشده‌ی کویر را می‌شمرد. گفت: «زندگی ارزششو داره اگه بتونی براش سوگواری کنی. اگه یه روز رفتی، باید یکی باشه که برات گریه کنه، که قصه‌ی زندگیت رو تعریف کنه. ولی این‌جا؟ توی این کویر؟ کی برای کی و برای چی سوگواری می‌کنه؟»

سعی کردم بحث رو عوض کنم، مثل همیشه که می‌خواستم از تاریکی فرار کنم. گفتم: «ولی علم داره پیش می‌ره، بشریت یه روزی این کویر و سبز می‌کنه، آینده روشن‌تره...»

هما پرید وسط حرفم. گفت: «چشماتو باز کن! این چه دنیاییه؟ یه تابه‌ی داغ پر از تبهکار و کلاهبردار! حتی یه پرنده تو آسمون نیست. آینده‌ای در کار نیست، عزیز من. سوگواری یه عمل اجتماعیه، یه راه برای این‌که به همدیگه نشون بدیم که زندگی ارزش داره. در اسپادانا، کی برای کی سوگواری می‌کنه؟ در این کویر

پهناور، زندگی همه‌ی ما انگار سقط شده. جایی که آدما سقط می‌شن، جای خوبی نیست برای تولد.»

عصبانی بودم. نه از حرف‌هایش، از این که راست می‌گفت. ایران خیالی‌ام، با آن چشمه‌ها و کوه‌ها و درختان و چشم‌اندازهای خیال‌انگیز فقط یک نقاشی توی ذهن من بود، و با این‌حال نمی‌توانستم اجازه بدهم که این تصویر از بین برود. این تصویر تنها چیزی بود که برای ما باقی مانده بود. گفتم: «هما، خیلی همه‌چیز رو تیره می‌بینی.»

هما به تلخیِ چایِ سرد مانده از شب قبل، خندید. گفت: «تو همیشه دنبال قصه‌های کامل می‌گردی، ولی زندگی مثل یه شعره در دو سطر: دیدار، جدایی. ما با سوگواری به هم وصل می‌شیم، چون آسیب‌پذیریم، چون به همدیگه نیاز داریم. در این کویر اما، کی به کی نیاز داره؟ تو نمی‌خوای حقیقتو ببینی. این دنیا خالیه، و تو نمی‌تونی به زبون بیاریش.»

کلافه بود، صدایش مثل امواج بزرگ‌ترین دریاچه‌ی جهان بود که داشت خشک می‌شد. من هم کلافه بودم؛ نه از حرف‌های هما، از خودم. از این شهر، از این اتاق. از ۵۷ درجه‌ی سانتی‌گرادِ کوفتی. از آستانه‌ی تحمل. چه کسی آستانه‌ی تحمل را تعیین و تجویز کرده بود؟ مگر ما همه مثل هم بودیم؟ تهِ دلم می‌دانستم سفر به آشتیان شاید فقط یک دلخوشیِ دیگر باشد؛ شاید به قصد جابه‌جا کردنِ هرچند موقتیِ آستانه‌ی تحمل؛ ولی نمی‌خواستم این چیزها را با هما در میان بگذارم. نمی‌توانستم امیدش را از بین ببرم. گفتم: «شاید حق با تو باشه، شاید آشتیان فرق داشته باشه. شاید اون‌جا همه‌چیز زنده باشه، پرنده‌ها، درختا، آدما که حتی می‌تونن برای هم سوگواری کنن.»

ساکت شدم. پنجره را باز کردم، با این امید که شاید هوای تازه، گرمای اتاق را قابل تحمل کند. باد کویری پرده‌ی کثیف اتاق مهمانخانه را تکان می‌داد و با این‌حال هم‌چنان گرما غیر قابل تحمل بود. قصر حکیم آگوستین در عمق تاریکی برق می‌زد. هما کتاب قصه‌های کویر را از کنار تخت برداشت. کتاب را باز کرد، به همان خط برخورد. مثل این بود که صفحه را نشان‌کرده بود. با صدای بلند خواند: «بادجامگان را بجوی، که فردوس، در کرانِ بیابان نهان است.» در آن لحظه، این جمله مثل کورسوی نور یک فانوس بود در نیمه‌شبی وسط بیابان؛ و در همان‌حال، راه‌ها هم‌چنان تودرتو بود، مثل کوچه‌های اسپادانا، مثل دل‌های ما.

اسپادانا در خواب کاهگلی فرورفته بود

صبح، کوچه‌های تودرتوی اسپادانا هنوز در خواب کاهگلی فرورفته بودند. دزدها، و کلاهبردارها، و تبهکاران مست‌وخراب توی خانه‌های توسری‌خورده‌ی یک‌شکلِ کاهگلی با سیستم تهویه‌ی سنتی در خواب بودند. روال زندگی در این شهر اینطور بود که رسیدگی به امور روزانه از بعدازظهر شروع می‌شد. از مهمانخانه زدیم بیرون. دوشادوش هم می‌رفتیم. یک قهوه‌خانه‌ی ایرانی، درست حوالیِ هتل، مثل یک نقشی پوسیده‌ی به‌جای‌مانده از مکتب هرات از دور پیدا بود. در چوبی، با لولای زنگ‌زده جوری صدا داد که‌گویا قصه‌ای ورق می‌خورد که در صفحه‌ی بعد کسی از خواب بیدار شود. دیوارها پوشیده بود از نقاشی‌هایی با موتیف داستان‌های شاهنامه. در آن میان چشمم افتاد به پرده‌ای که

کیخسرو را نشان می‌داد. او در کانون تابلو، از آن‌جا که ایستاده بود به چشم‌انداز یک شوره‌زار خیره مانده بود. یک پرده‌خوان خسته یا شاید هم خمار، با عمامه‌ای کج و ریش جوگندمی، گوشه‌ای لم داده بود، زانو را در بغل گرفته و سر بر زانو گذاشته بود. مثل این بود که در هفتمین خوان از هفت خوان رستم خوابش برده و حالا دارد خواب اژدها را می‌بیند و در همان حال سینی نقره‌ای کنارش، پر از خاکستر بود. مثل این بود که اژدها با آن دَم آتشین‌اش از درز خواب او بیرون آمده و افتاده بود توی سینی و هر آن‌چه را که در سینی بود، خاکستر کرده بود.

دماسنج ۵۵ درجه‌ی سانتی‌گراد را نشان می‌داد. قهوه‌خانه خلوت بود. فقط یک پیرمرد با تسبیح عقیق در گوشه‌ای آرام گرفته بود و چای با نبات زعفرانی می‌نوشید.

ما روی یک تخت چوبی، بر گلیمی پر از نقش‌های اسلیمی نشستیم و به مخده‌های راحت که از آخرین جنگ باقی مانده بود، تکیه دادیم. سینی صبحانه جلوی‌مان بود. یک صبحانه‌ی مجلل که انگار هر صدسال یک‌بار توی کویر گیر آدم می‌آید: کاسه‌های سرشیر و خامه، عسل زلال که مثل چشمه می‌درخشید، چای در استکان کمر باریک، و نان لواش داغ که بوی گندم‌زار می‌داد. هما گفت: «این‌جا مثل اینه که آرزوها برآورده می‌شن.» من گفتم: «یا شاید دارن ما رو گول می‌زنن.»

هما ساکت بود، متین و آرام، مثل دریایی که موج‌هایش خوابیده بودند. صادق بود، هیچ رازی تو چشم‌هایش پنهان نبود. ولی من مثل کسی بودم که توی سینه‌اش یک گردباد نهفته است. گفتم: «هما، یه چیزی هست که هیچ‌وقت بهت نگفتم.»

هما استکانش را گذاشت توی نعلبکی، سرِ جاش، نگاهش تیز، کنجکاو ولی نرم و بخشنده بود. گفت: «بگو!»

نفسم را حبس کردم. گفتم: «از بچگی به همه گفتم پدر و مادرم و برادرم توی یه سانحه‌ی هوایی مردن. با یه بیگ او نسل اول، که می‌خواستن به قطب شمال برن تا کوه‌های یخ رو ببینن. اشعه‌ی ماورابنفش، ناوبریا رو قاطی کرد. هواپیما سقوط کرد و غرق شد. من یازده‌ساله بودم، تو شیکاگو، تو یه مرکز نگهداری، یه بچه مهاجر که همه نشونش کرده بودن. حس می‌کردم غریبه‌م، یه لکه رو پیشونی‌م داره. برای این‌که بتونم تحمل کنم، وقتی با خودم بودم یه قصه ساختم: یه خانواده‌ی خوشبخت، و سرحال و مهربون با سفره‌های پُر برکت. اون‌قدر به جزئیاتش فکر کرده بودم که خودم هم باورم شده بود. توی دو دنیا زندگی می‌کردم. وقتی با دیگران بودم توی مرکز نگهداری از کودکان، وقتی با خودم تنها بودم، ...»

هما ساکت بود. مثل کسی بود که در نمایشگاه آثار جعلی به تابلویی با یک درونمایه‌ی تکراری نگاه می‌کند. گروهی از کودکان یتیم در یک حیاط سنگی با دیوارهای بلند، مثل جوجه‌های رها شده زیر نور سرد زمستانی. در آن میان کودکی با چشمانی به اندازه‌ی قاب پنجره‌های پرورشگاه که مستقیماً دارد به تو نگاه می‌کند. مثل این است که با آن لباس‌های وصله‌پینه‌اش می‌خواهد بگوید جامعه، جامعه‌ای که چیزی تن تو می‌کند اما هرگز تو را گرم نمی‌کند.

هما گفت: «آدم گاهی مجبوره برای این‌که زنده بمونه یه چیزی سر هم کنه که بهش دلخوشی بده. مشکل اینه که بعد از مدتی، بعد از مدت کوتاهی توی همه‌ی این دروغا غرق می‌شی.»

به من نگاهی انداخت؛ اما نه مثل همیشه. شاید نمی‌خواست مرا شرمنده کند. گفتم: « توی خیالاتم اونا زنده بودن. پدر و مادرم نابغه بودن، تو یه مرکز تحقیقاتی تو استرالیا. با یه سفینه رفته بودن به سیاره‌ی ال۴۶۶آلفا، دنبال یه زمین جدید. منو جاگذاشته بودن، چون برای همچین سفری آمادگی نداشتم. قصه‌مو ساختم که حس نکنم طرد شدم. به توام همینو گفتم، چون نمی‌خواستم حقیقتو ببینم.»

پرده‌خوان گوشه قهوه‌خانه تکانی خورد، مثل کسی بود که از خواب آشفته‌ای بیدار شده. هما بهم نگاه کرد، چشم‌هاش پر از شفقت بود. خندید. گفت:«این دروغت بود؟ از کجا معلوم اینها دروغ بوده. من خوب خاطرم هست که عده‌ای در اون سال‌ها به سیاره ال۴۶۶آلفا رفتن. هرگز معلوم نشد به مقصد رسیدن یا نه. یکی از آرزوهای من از بچگی اصلاً همین بود: سفر به سیاره‌ی ال۴۶۶آلفا .»

گفتم: «می‌ترسیدم حتی بهش فکر کنم هما. من همیشه مثل یه قایق سرگردون بودم، دنبال یه بندرگاه. سیاره‌ی ال۴۶۶آلفا برای من اون بندرگاهه.»

هما لبخند زد، یه لبخند آروم، مثل چشمه‌ای تو کویر. گفت: «تو هنوز همون بچه‌ی یازده‌ساله‌ای، نه؟ دنبال یه پناه.» از جا بلند شد، منو تنگ بغل کرد. بغضم ترکید. هما هیچی نگفت، فقط من را در آغوشش نگه داشت. قهوه‌خانه انگار ساکت‌تر شده بود، پرده‌خوان دوباره سرش را روی زانوهاش گذاشته بود، خوابش برده بود. هما گفت: «اما اینو بدون که سیاره‌ی ال۴۶۶آلفا وجود داره. شاید واقعاً خانواده‌ت اونجا باشن. کسی چه می‌دونه؟»

برای من اما دیگر هیچ چیز مهم نبود. من به مقصد رسیده بودم.

چهار جاهل گردن‌کلفت

در با صدای غژاغژی که انگار در این خطه جاودانه بود باز شد. چهار جاهل گردن‌کلفت، با دشداشه‌های سرخ و سیاه، سبیل‌های تاب‌خورده، و خنجرهای براق در پر کمر وارد شدند. چرت پرده‌خوان پاره شد. یکی از جاهل‌ها، با عمامه‌ی کج و سیگاری گوشه لب، سیاه‌مست بود، مثل یک قهرمان فیلمفارسی گفت: «شمسی جون! دلبرم! قربون اون چشای مست و شهلات برم! تو یه فرشته‌یی و ما، همه مون خاک زیر پاتیم.»

دومی، با ریش پرپشت و تسبیح گنده که توی دستش می‌گرداند، گفت:«وقتی می‌رقصی، طوفان شن آروم می‌گیره، بادجامه‌ها مثل دل مردای عاشق به پرواز درمی‌آن.»

سومی با چشمانی اشک‌آلود، دست روی قلبش گذاشت، انگار روی صحنه تئاتر دارد نقش رومئو را در نخستین اجرای نمایش شکسپیر در تئاتر کورتین لندن در قرن شانردهم بازی می‌کند، با صدای نتراشیده نخراشیده‌ای گفت: «نگو. نگو. شمسی عشق منه! هفته‌یی یه شب من مهمونِ شب‌خوابشم. می‌فهمی؟»

چهارمی پوزخندی تلخی زد و مثل یک مرد دل‌شکسته با صدای گرفته‌ای گفت: «آره اروای خیک‌ات. عشق؟ ها! شمسی فقط عاشق پوله. دیشب با من بود، امشب با کی‌یه؟ هان؟ با کی‌یه؟ بله.

با همونه. فردا هم لابد می‌ره با یکی دیگه! آخه تو چقدر نفهمی!» و بعد زد زیر خنده. داشت از خنده ریسه می‌رفت.

سومی که خون به چهره‌اش هجوم برده بود دستش رفت پر کمرش. گفت: «اگه بشنفم که به شمسی توهین می‌کنی، به ولای علی خونت حلاله.»

چهارمی خنده‌اش را خورد. حالا دیگر اخم کرده بود. گفت: «مثلاً چه غلطی می‌خوای بکنی؟»

دومی پرید وسط و دست به کارد برد برد و اینطوری بود که روی این صحنه باسمه‌ای دعوا درگرفت. پرده‌خوان مثل کسی که دست‌کم هر روز یک بار این صحنه را دیده، سرش را گذاشت روی زانویش و چشم‌هایش را بست. من از خودم می‌پرسیدم در آن لحظه به چی فکر می‌کند؟ در این میان، چهار نره‌غول داشتند حسابی از خجالت هم درمی‌آمدند که قهوه‌چی صدایش درآمد: «بسه دیگه! بازم همین نمایش مسخره؟! شمسی پنجاه ساله که مُرده! سر چی به جون هم افتادین؟»

جاهل‌ها به هم نگاهی کردند و بعدش هم خجالت‌زده خنجرهاشان را غلاف کردند. یکی‌شان گفت: «به خدا دیشب من با شمسی بودم.»

قهوه‌چی گفت: «احمق، خدا می‌دونه با کی بودی.»

اولی دستی به سبیلش برد، گفت: «مسأله این نیست آقای محترم. اینجا بحث بر سر مفهوم عشقه!»

دومی گفت: «دقیقاً. شاعر می‌فرماید: آه! چه نوری از آن پنجره می‌شکافد؟ شرق است و ژولیت خورشید است.»

اولی گفت: «ایول. گل گفتی.»

رو به قهوه‌چی کرد و گفت: «اینجا، آقا، رومئو، ژولیت رو به خورشید تشبیه می‌کنه، نمادی از گرما، زندگی و مرکز جهان. ملتفتی؟ این تصویر، تضاد با شب و تاریکیِ خصومت خانوادگی رو تقویت می‌کنه. شیرفهم شد؟»

قهوه‌چی برافروخته شده بود. هما از جایی که نشسته بودیم گفت: «در اینجا پنجره مهمه آقایون. تنها منبع نور در شب که نشون‌دهنده‌ی امید در جهانی پر از کینه‌توزی‌ست. پس خواهش می‌کنم دست بردارید.»

مثل فیلمی که کارگردانش داد بزند «کات!»، جاهل‌ها سرشان را پایین انداختند و یکی‌یکی زدند بیرون. از پشت پیشخوان صدای قهقه قهوه‌چی مثل یک هیولای کویری که به تماشاچی‌ها می‌خندد بلند شد: «ترسیده بودید؟»

من ترسیده بودم. اما جوابش را ندادم. گفت: «اینا بزن‌بهادرای مصنوعین، دست‌ساز حکیم آگوستین! پیشکش به توریستا، که سرگرم شین. میراث فرهنگی ماست! هر کی پاش به اسپادانا برسه، باید پیش حکیم بره، به او ادای احترام کنه.»

پرده‌خوان سر بلند کرد، با صدایی که انگار از دل یک کتیبه پارسی در سینه‌ی کوه بیستون می‌آمد گفت: «ای بانوی صادق، اگر از رفتن به پیشگاه حکیم سر باز زنی، آنگاه عذابی سخت بزرگ در انتظار توست.» چشمانش بسته بود. مثل کسی بود که در خواب دارد خوابی را که می‌بیند برای عده‌ای تعریف می‌کند.

هما و من همچنان همانجا نشسته بودیم. زنده بودیم، اما فقط در کلمات، منتظر یک معجزه برای رسیدن و پیدا کردن چیزی که نمی‌دانستیم چیست.

قصر نه چندان باشکوه حکیم آگوستین

این‌طوری بود که ما سر از قصر حکیم آگوستین درآوردیم. قصر هم‌چون نگاره‌ای از هفت‌پیکر نظامی، از میان شن‌های کویر سر برآورده بود. گنبدش، احتمالاً در آخرین جنگ کج شده و از چندجا شکسته بود. مثل این بود که یک غول از دل کویر با عصبانیت پا روی آن گذاشته باشد، و با این‌حال هنوز توی نور صبح مثل یک تاج که از آسمان افتاده باشد، می‌درخشید. ایوان‌های بلند، با ستون‌های مرمرین، با سرستون‌های اسلیمی، قصه‌های فراموش‌شده‌ی پادشاهان را زمزمه می‌کردند. پنجره‌های قوسی، با شیشه‌های رنگی نور را به هزاررنگ می‌شکستند. حیاط وسط قصر پر از حوض‌های خشک، و باغچه‌های خاکی پوشیده از خارهای کویری بود. دروازه‌ی چوبی، با کنده‌کاری‌های اژدها و شیری که مثل یک آواز کهن که از خواب بیدار شده بود، غرش می‌کرد و می‌خروشید اما هیچ اتفاقی هم نمی‌افتاد.

در تالار اصلی، سقف بلند با نقش ستاره‌های کاغذی پوشیده بود، مثل این بود که آسمان را از کویر دزدیده بودند و روی سقف پهنش کرده بودند. مشعل‌ها با نور ال ای دی مانند چشمان هزاران هیولا بر دیوارها سوسو می‌زدند. از دور حکیم آگوستین را می‌شد دید که وسط تالار روی تختش لم داده بود. بادجامگان آهنی، با

پره‌های زنگ‌زده، گوشه‌های تالار، شاید به نگهبانی ایستاده بودند. بوی کاهگل و زعفران در هوا شناور بود، با قدری غبار که انگار از حلق بیابان به این‌جا راه پیدا کرده بود. در کتاب‌های تاریخ نوشته بودند: «و چنین بود که این قصر را سنمار، آن معمار نامی، به هنر و دل، بنهاد، لیکن حکیم آگوستین مزد او را نداد و به نیرنگ و حیله جانش بستد. از آن پس، جویباری از خون، از ازل تا ابد، اندر سنگ‌های قصر روان گشت، نهان در سایه‌ها، نجواکنان چون روح سنمار که هنوز اندر دیوارها زیست.»

وقتی وزیر سخن می‌گوید

وقتی قدم به قصر حکیم آگوستین گذاشتیم، انگار وارد یه قصه‌ی نیمه‌تمام شدیم. این داستان مال ما نبود، مال وزیری بود که در تالار قصر، زیر نور کم‌سوی یک شمع که مثل چشم‌های یه هیولای کویری می‌سوخت، به دیوار کاهگلی تکیه داده بود. ریش جوگندمی‌اش انگار غبار سال‌ها رو به خودش گرفته بود، و ردای ابریشمی‌اش، که روزی شاید برق می‌زد حالا مثل یک یادگاری کهنه در نور شمع رنگ باخته بود. مثل این بود که از دل یک افسانه‌ی قدیمی بیرون آمده بود که معلوم نبود به کدام زمان تعلق دارد.

با صدایی که از تهِ چاهی عمیق می‌آمد، گفت: «شماها غریبه‌اید، نه؟ گوش کنید، حکیم آگوستین، که اسمش اصلاً این نیست، یه آدم ترسوئه؛ ولی پر از دانش. خودشو عقل کل دنیا می‌دونه. دور خودش دیوار کشیده؛ ولی اون‌قدر گنده شده که تو هیچ دیواری جا نمی‌گیره. مردم اسپادانا از دستش به ستوه اومدن ـ از خدمتکارا

و سربازا گرفته تا عیارها و حتی اون بادجامگان آهنی که همه‌جا هست. شب که می‌شه، رو تخت پوسیده‌ش دراز می‌کشه و غرق سؤالایی می‌شه که هیچ‌وقت جواب ندارن: اگه مریم مقدس پاک نبود، مسیحیت حالا در چه وضعی بود؟ اگه خون سنمار، اون معمار که این قصر رو ساخت، ریخته نشده بود، اسپادانا حالا چه شکلی بود؟»

سکوت کرد. شمع سوسو زد، مثل این‌که روح سنمار در دیوارهای قصر نفس می‌کشید. من و هما کنار هم ایستاده بودیم و دست هم را گرفته بودیم و با این‌حال مضطرب بودم. وزیر دوباره به حرف آمد: «فکر می‌کنید چرا مردم علیه‌ش شورش نمی‌کنن؟ چون همه بهش نیاز دارن. حکیم، با همه‌ی ترس و خودخواهی‌اش، تار و پود این شهر رو دستش گرفته. اگه نباشه، اسپادانا مثل خواب دم صبح با اولین پلک زدن محو می‌شه. اون قانون این بازی رو نوشته، و مردم، حتی اگه ازش متنفر باشن، مجبورن بازی کنن، چون بدون اون، این شهر نیست و نابود می‌شه.»

ستاره‌های کاغذی سقف زیر نور شمع می‌لرزیدند. وزیر به ما زل زد، انگار می‌خواست از ذهن ما باخبر شود. گفت: «شماها دنبال آشتیانید، شاید هم دنبال جویبار نه؟ فکر می‌کنید اون‌جا بهشت شماست؟ ولی بدونید، حکیم با همه‌ی زیرکی‌اش، کلید بهشت رو نداره. این قصر نفرین‌شده‌ست.»

هما دستم را فشار داد. در چشمانش یک سؤال بود، همان سؤالی که از برکلی تا این‌جا دنبالمان کرده بود: اگر بهشت هم یک قصه باشد چی؟ دلم می‌خواست فریاد بزنم که ما فقط دنبال یک جای زنده‌ایم، جایی که قلبمان آرام بگیرد.

به بخش آی سی یو خوش آمدید

در تالار شرفیابی، به جای ستاره‌های کاغذی و مشعل‌های سوسوزن ال ای دی، فضای سردی حاکم بود، مثل بخش آی سی یو در یک بیمارستان صحرایی با یک بیمار که آن هم شخص حاکم حکیم بود. تخت حکیم آگوستین در میان تالار شرفیابی قرار داشت. او یک مردکوتوله با یک کله بسیار بزرگ بود، با یک تاج کاغذی مثل تاج برگر کینک که روی شانه‌های نحیفش سنگینی می‌کرد. احتمالاً تاج، بخشی از استراتژیِ بازاریابی او برای جذب خانواده‌ها و تبدیل این منطقه به یک جاذبه‌ی توریستی بود که البته باید گفت، توفیقی هم به دست نیاورده بود.

اطراف او پر از لوله‌ها و مانیتورهای چشمک‌زن، و انواع سِرُم‌ها، و پمپ‌های پرفیوژن بود. او روی تختش نشسته بود و تکیه داده بود به دو متکا. مثل این بود که یک سفینه‌ی فضایی توی کویر سقوط کرده باشد. دستگاه‌های بوق‌زنِ دورش، مثل یک گروه سرود بودند که داشتند آهنگ مرگ را وسط کویر می‌خواندند، آن‌هم برای مردی که همیشه در حال مردن بود و هیچ‌وقت هم نمی‌مُرد. روی یک نمایشگر هولوگرافیک، هرچندگاه یک‌بار این جمله ظاهر می‌شد: «مثل یک پادشاه بمیرید!»

حاکم حکیم با چشمان ریزش، سرشار از یک درماندگی غریب، مثل این بود که در پیِ محبتی‌ست دست‌نیافتنی. وزیر، با نگاهی از سرِ کلافگی، کنار تخت او ایستاده بود. مثل نگهبانی بود که از زندانی‌اش ذله شده و با خودش مدام می‌گوید پس چرا مردک نمی‌میرد؟

در این فکرها بودم که ناگهان یک طوطیِ فوقِ پیشرفته، با پرهای فلزی که لابلایشان نور برق می‌زد، پرید روی شانه‌ام. چشمان ال ای دی‌اش چرخیدند به سمت من و بعد با صدایی زنگ‌دار گفت: «تازه‌واردی، نه؟ گوش کن! خوب گوش کن!...»

بعد منقارش را آورد نزدیک گوش من و پچ‌پچ‌کنان گفت: «حکیم آگوستین عقل کل نیست، یه ترسوی کتاب‌خونده‌س که دیوار کشیده دور خودش و این‌قدر گنده شده که دیگه در حصار دیوارها جاش نمی‌شه. بیماری‌ش هم خیالیه، یه سرماخوردگی که می‌گه سرطانه، یه سردرد که می‌گه نفرین سنماره. محبت می‌خواد، توجه می‌خواد، و این دستگاه‌ها نمایشی‌یه. همه دورش می‌چرخن، وزیرا، کنیزا، عیّارا، حتی بادجامگان زنگ‌زده. چرا؟ چون اگه آگوستین فرو بریزه، این قصر، اصلاً کل اسپادانا، مثل نقاشیِ روی شن، با اولین باد کویری پراکنده می‌شه. همه ازش بیزارن، ولی بهش محتاجن، چون این شهر رو اون نگه داشته. توام باید توجیه شی، این قانون بازیه. فهمیدی؟»

نوک منقار طوطی توی گوشم بود. گوشم را خاراندم. طوطی پوزخند زد، و پر کشید و رفت روی یکی از مانیتورها نشست و ال ای‌دی‌هاش بلافاصله خاموش شدند. حکیم آگوستین سرفه کرد؛ یک سرفه‌ی خشک؛ اما نمایشی. یک وزیر دیگر، با یک سینی پر از آمپول‌های رنگارنگ، کنار تخت آمد، گویی می‌بایست یک مراسم هرروزه را اجرا کند. دیوارهای قصر به صدا درآمدند، صدایی شببه جویبار. گویی خون سنمار در میان سنگ‌ها و ساروج‌ها در جریان بود.

و ما سرانجام شرفیاب شدیم

آگوستین، کوتوله‌ای با کله‌ای بی‌اندازه گُنده، با آن تاج کاغذی که روی شانه‌های نحیفش سنگینی می‌کرد، در بستر پادشاهی دراز کشیده بود. طوطی فوق پیشرفته با پرهای فلزی روی مانیتور نشسته بود. هنوز خاموش بود. آگوستین به هما نگاه کرد، مثل این بود که من آن‌جا نبودم. با صدایی که انگار از تهِ یک چاه قدیمی می‌آمد، گفت:

«خانوم، چی تو این دنیا ارزش داره که براش گریه کنی؟»

هما، با آرامش عجیبی گفت:

«زندگی‌ای که ارزش سوگواری داشته باشه. سوگواری یعنی به رسمیت شناختن زندگی، یعنی جامعه‌یی که بتونه برای یه نفر گریه کنه. ولی توی این کویر، که نه پرنده‌ای هست، نه ماهی، نه گربه‌ای تو کوچه‌ها، نه حتی یک سگ زیبا؛ زندگی چی داره که ارزش سوگواری داشته باشه؟»

من کنار هما ایستاده بودم، قلبم تند می‌زد. دلم می‌خواست چیزی بگویم؛ ولی انگار زبانم قفل شده بود. آگوستین سر تکان داد. مثل این بود که توی کله‌ی گنده‌اش کتابی کهن ورق می‌خورد. گفت:

«سوگ، مثل شمعی تو تاریکیه، زندگی رو روشن می‌کنه. تو دنبال چی هستی که این‌قدر دلت لرزیده؟»

هما لحظه‌ای ساکت شد. مردد بود و من دلیل این تردید را خوب می‌دانستم. گفت:

«معنای مادر شدن، حکیم. من می‌خوام بچه‌م تو دنیایی به دنیا بیاد که زندگی‌ش ارزش داشته باشه، که اگه یه روز رفت، چیزی تغییر کنه. ولی تو اسپادانا، که همه‌چیز یه نمایش مسخره‌ست ـ حتی بیماری تو ـ زندگی یه بچه چه معنایی می‌تونه داشته باشه؟»

آگوستین با صدایی که انگار از دل کتیبه‌های فراموش شده در کوه‌های زاگرس برمی‌خاست، گفت:

«عشق تو به بچه‌ت، حتی توی این کویر، می‌تونه دنیایی رو معنا کنه. ولی بگو ببینم، اگه هیچ‌کس برای بچه‌ت گریه نکنه، اگه جامعه اونو به رسمیت نشناسه، عشق تو به‌تنهایی کافیه؟»

هما گفت: «سوگواری یه امر اجتماعیه، چون ما تو رابطه با همدیگه است که معنا پیدا می‌کنیم. در این شهر، که عیّارا و پهلوونا فقط دنبال جیب و نمایشن، چه رابطه‌ای برای معنی دادن به زندگی یه بچه هست؟ می‌ترسم که عشق من به بچه‌م، توی این کویر، تبدیل بشه به یک سوگ شخصی، بدون اینکه کسی بفهمدش.»

آگوستین به مانیتور کنارش خیره موند. بعد شش معما طرح کرد. گفت: «اگر توی کویر، حوضی پر از آب دیدی، ولی نه چشمه‌ای بود، نه جویی. آبش از کجا آمد؟»

هما گفت: «از اشک آدما، که تو دلشون جمع شده.»

آگوستین اخم کرد: «درست!» بعد معمای دوم را طرح کرد:«بادجامگانِ من شبانه‌روز در گردش‌اند، شهر هنوز در تاریکی‌ست. چرا؟»

هما گفت: «چون نور توی دل آدمای شهر نیست.»

آگوستین تاجش را صاف کرد. گفت: «باریکلا! معمای سوم:قالیبافای شهر روز و شب گره می‌زنن، ولی فرش تقدیر تمومی نداره. چرا؟»

هما گفت: «چون قصه‌ی همه‌ی این زنان قالیباف در طول تاریخ تموم نشده، هر گره یه درد تازه‌ست.»

آگوستین انگار یک شاگرد باهوش را تحسین می‌کند. گفت: «خوبه! حالا این: خزانه‌م پر از کتابه، ولی چشم دانشمندا بهش بسته‌ست. چرا؟»

«چون دنبال حقیقت نیستن، فقط قصه‌های دروغین رو دوست دارن.»

حکیم قهقهه زد. «آفرین! معمای پنجم: داروغه شمشیر به کمر داره، ولی دزدا آزادن. این چه بازیه؟»

هما پوزخند زد. «خب معلومه، چون خودش دزده!»

حکیم دستش رو روی تخت کوبید. گفت: «عجب! حالا معنای ششم: من عقل کل این شهرم، ولی کوچه‌ها پر از دغل‌باز و تبهکاره. این چه بدبختیه؟»

هما صاف تو چشماش نگاه کرد. گفت: «تو اون‌قدر اسیر عقلت شدی که دیگه نمی‌تونی فکر کنی.»

آگوستین ساکت شد، مثل این بود که کویر نفسش را حبس کرده بود. گفت: «معمای آخر را گوش کن: من با بیماری‌ام به دنبال محبت بودم، تو در وجود فرزندت به دنبال معنا. اما اگر عشق تو به کودک فقط اندوه بیاورد، اگر هیچ‌کس برایش اشک نریزد، پس

چگونه می‌توانی مطمئن باشی که این اندوه از فقدان معناست، نه
از عشق؟»

هما مدتی فکر کرد، بعد گفت: «شاید فقدان یه جامعه که زندگی
رو به رسمیت بشناسه. تو این کویر، بدون جامعه، سوگ فقط یه
درده در تنهایی. تو، حکیم، برای چی سوگواری می‌کنی؟»

آگوستین به سقف نگاه کرد. گفت: «من برای خودم عزادارم. دنبال
حکمت بودم، اما پیدا نکردم. تو اما، ای خاتون زیبا، هنوز می‌تونی
معنای زندگی رو پیدا کنی.»

من خواستم حرفی بزنم، ولی آگوستین نگاهم نکرد، به وزیرش
اشاره کرد، وزیر به معاونش نگاهی انداخت، معاون به خدمتکار،
خدمتکار به غلام، و غلام به غلام دیگری که با جامی طلایی پر از
آب زلال سر رسید. غلام جام را به آگوستین تعارف کرد، او نوشید.
گفت: «جانم به لبم رسیده. تو و همنشینت چند روزی میهمان من
باشید و جواب معمای هفتم رو پیدا کنید.»

اتاقی با بوی کاه و غبار

در حجره‌ای از حجره‌های قصر حکیم آگوستین من و هما روی
یک تخت چوبی نشسته بودیم. تشک نازک، بوی کاه و غبار می‌داد.
پنجره‌ی قوسی با شیشه‌های رنگی، نور را می‌ریخت روی نقش و
نگارهای خیال‌انگیز فرشی که حالا دیگر می‌دانستیم در هر گره‌اش
دردِ ناگفته، و گره ناگشوده‌ی زندگی قالیبافی پنهان است. صدایی
مثلِ صدای جویبار از دیوارها به گوش می‌رسید. این خون سنمار

معمار بود که همه‌جا و در همه‌ی لحظاتِ زندگی در این قصر جاری بود. گفتم: «هما، حالا چه‌طور از عهده‌ی این معما بربیایم؟ حکیم چی گفت؟»

هما که توی فکر بود، ابتدا چیزی نگفت. همیشه همین‌طور بود. وقتی توی فکر بود گمان می‌بردی نشنیده است؛ اما هنوز این فکر کامل از سرت بیرون نشده بود که می‌دیدی به خطا رفته‌ای. شنیده؛ اما ذهنش درگیر است. این بار هم همین‌طور بود. بعد از مدت کوتاهی مثل کسی که با خودش حرف بزند گفت: «معما این بود: چی باعث می‌شه سوگ تو از نبودِ معنا بیاد، نه از عشق؟»

هوای اتاق افتضاح بود. دماسنج دقیقاً ۵۷ درجه‌ی سانتی‌گراد را نشان می‌داد. احتمالاً اگر آفتاب درمی‌آمد، درجه‌ی حرارت در سطح زمین، در بیابان‌های اطراف شهر ممکن بود به ۷۸ یا حتی ۸۰ درجه‌ی سانتی‌گراد هم برسد.

هما با متانت لبخند زد. او در این لحظه حتی می‌توانست کویر را هم به آرامش دعوت کند. گفت: «جوابش ساده‌س. سوگواری وقتی معنا داره که زندگی به رسمیت شناخته بشه؛ ولی تو اسپادانا، زندگی‌ها بی‌معنان، چون جامعه‌ای نیست که بهشون ارزش بده. معما درباره سوگیه که از فقدانِ معنا می‌آد، نه از عشق. جوابش خود اسپاداناست. ما برای این شهر سوگواری می‌کنیم؛ نه به خاطر این‌که بهش علاقمندیم؛ بلکه چون معناشو گم کرده. حکیم می‌خواد ما اینو ببینیم.»

تعجب کردم. مثل این بود که هما فانوسی را توی تاریکی کویر روشن کرده بود. گفتم: «چطور؟»

هما شانه بالا انداخت، گفت: «خب مگر غیر از اینه که سوگواری یه عمل اجتماعیه؟ پس بدون شالوده‌ی اجتماعی در خلأ اتفاق می‌افته. مثل تو که از یازده‌سالگی تا الان در سکوت سوگوار بودی و سعی می‌کردی خلأ درونت رو با یه زندگی دروغین پُر کنی. اسپادانا اون خلأئه. من دنبال زندگی‌ای هستم که ارزش سوگواری داشته باشه، برای همین به آشتیان می‌ریم.»

چشماش برق می‌زد، نه از تردید؛ بلکه از یک تصمیم قطعی. لحظه‌ای ساکت شدیم، بعد چشممان به کتاب قصه‌های کویر افتاد. آن شب ما با هم آمیختیم.

کیوان در برج بز

ما هنوز در حجره نشسته بودیم. من دراز کشیده بودم، دست‌هام را در هم گره کرده، زیر سرم گذاشته بودم و به سقف خیره مانده بودم. به هیچ‌چیز فکر نمی‌کردم و در همان حال مثل این بود که به همه‌چیز فکر می‌کردم. هما در کتابی که کتابدار به او هدیه داده بود، تورق می‌کرد. بعد ناگهان مکث کرد. گفت: «گوش بده!»

شروع کرد به خواندن:

چنانک در شبی از شب‌های اسپادانا، ستارگان بر فلک کویر چنان فروزانی نمودند که گویی یزدان، مشتی گوهر بر سیمای شب افشانده است. اختربینان به دانش دریافتند که کیوان در برج بز جای گرفته است. وزیر، در نیمه‌شب لرزان به سرای حکیم آگوستین شتافت و او را از خواب بیدار کرد. منجمی به نزد وی

آمد و چنین گفت: «ای فرمانروا، همی گویم که امروز نطفه‌ی کودکی بسته شد که نشان صبر و پایمردی و بردباری است. هان! سیاوشی دیگر در این خاک پدید خواهد آمد.»

حکیم، که تا آن روزگار از تخت خویش فرود نیامده بود، به ناگاه برخاست و از روزن قصر به آسمان نگریست ـ آن سقف بی‌کران که پُر از اختران فروزان بود. نقش ستارگان را بر جبین شب دید، چنانکِ گویی فروغی از آغاز تا انجام بر صحرا تابیده. او دریافت که اینک می‌تواند به آرامی بمیرد، چه وعده‌ی دیرین به انجام رسیده بود.

در آن دم، کبوتری بر آسمان اسپادانا پر گشود، که این نخستین بار بود که مرغی در آن دیار بال گسترد. راهزنان و تبهکاران همه در خواب گران فرو رفته بودند و حکیم آن کبوتر را بدید، گویی به زودی گروه‌گروه کبوتران به گِرد قصر به پرواز درآیند. گرمای هوا در آن لحظه کمی از پنجاه درجه کمتر بود و پرتوهای آسمانی رو به کاهش نهاده؛ لیکن این رازی پنهان بود که جز حکیم و منجم کسی آن را نمی‌دانست.

و چنین شد که آن شب، بسته شدن نطفه سیاوشی دگر، چون وعده‌ای دیرین، اسپادانا را به نور امید بیاراست و حکیم آگوستین، با همه مکر و ناتوانی، به سوگ خویش خندید، چه می‌دانست که جوی خون سنمار، شاید به کبوتری دگرگون شود و به سوی آشتیان پر کشد. عدالت بر زمین برقرار خواهد شد؟

یک لحظه از بهشت را دزدیده بودند

صبح در قصر حکیم آگوستین، مثل این بود که یک لحظه از بهشت را دزدیده باشند. من و هما در اتاقمان، روی تخت چوبی با تشک نازک پر از کاه، لابلای بوی غبار کنار هم آرمیده بودیم. نور زعفرانی از پنجره قوسی با شیشه‌های رنگی روی گلیم می‌ریخت. هما کنارم بود، نفسش آرام بود. مثل دریایی بود که موج‌هایش خوابیده. می‌دانستم که زندگی‌ام فقط با هما معنا دارد. در سایه‌ی نگاه او زنده بودم. خواستم این چیزها را به او بگویم اما می‌ترسیدم همین که این کلمات را به زبان بیاورم به یک دروغ تبدیل شود. جای این عشق نه سر زبان‌ها که در دل من بود. باید همان‌جا مثل یک جامِ باستانی زیر خاک باقی می‌ماند.

هما از روی تخت بلند شد، به سمت پنجره رفت. یک کبوتر سفید، زیبا و دست‌آموز، روی لبه پنجره نشسته بود. قلبم داشت می‌ایستاد. در سفر به ایران، این اولین پرنده‌ای بود که می‌دیدیم، یک پرنده‌ی واقعی. سفیدی پرهایش توی نور صبح برق می‌زد. مثل تکه‌ای از آشتیان بود که برای خوشامدگویی تا این‌جا پر کشیده بود. هما پنجره را که باز کرد، کبوتر پرید روی شانه‌اش. گفت: «دیدی چه راه خونه‌شو بلده؟»

گفتم: «اسمشو چی بذاریم؟»

هما بی‌تأمل گفت: «اسم لازم نداره. اسمش کبوتره. مگر چند تا کبوتر در جهان باقی مونده؟»

کبوتر سرش را تکان داد. اِنگار زبان ما را بلد بود. گفتم: «فکر می‌کنی راه آشتیانو بلده؟»

هما گفت: «حتماً. این کبوتر از کویر نیست.»

و بعد من با خودم فکر کردم که حتماً حاکم، که اسم خودش را گذاشته بود حکیم آگوستین و معلوم نبود حاکم است یا حکیم، و چه بسا هیچ‌کدام از این‌ها نبود، و شاید هم بود اما ما از آن بی‌خبر بودیم، بر دنیای پرنده‌ها تسلط داشت؛ وگرنه چه‌طور ممکن بود همه‌ی این اتفاق‌ها در یک شب بیفتد؟ بعد از سال‌ها، این اولین بار بود که من از نزدیک یک پرنده‌ی واقعی می‌دیدم. قلب کوچکش توی سینه می‌تپید، می‌توانست پرواز کند اما در همان‌حال هم ممکن بود هر لحظه بمیرد. این مهم بود. مهم بود که چیزی که زنده است، وقتی، در جایی، در اثر چیزی که نمی‌دانیم چیست، زندگی‌اش به پایان برسد.

صدای در آمد. مثل این بود که قصر، نفسش را حبس کرده بود. هما گفت: «بیایید تو.» یکی از غلامان که کاملاً معلوم بود برای این کار برنامه‌ریزی شده بود با سینی طلا وارد شد. یک سفره‌ی هفت‌رنگ: نان لواش داغ، سرشیر و خامه، عسل زلال، پنیر تازه، گردو، سبزی، و چای زعفرانی توی استکان‌های کمرباریک. هر صدسال یک‌بار هم‌چنین صبحانه‌ای توی کویر گیر آدم نمی‌آمد و بااین‌حال این دومین بار بود که در اسپادانا ما از چنین ضیافتی نصیب می‌بردیم. خوردیم و نوشیدیم. هما خندید، من هم خندیدم. خاطره‌ی کویر رفت و جا باز کرد برای خاطره‌ی با هم بودن بر سر یک سفره‌ی رنگین در یک صبح دل‌انگیز. کبوتر روی شانه‌ی هما نشسته بود، به سفره زل زده بود. انگار او هم خوش بود.

از دهلیزهای قصر، صدای چنگ و پیانو بلند شد، مثل این بود که صدای موسیقی از دهلیزهایی به وسعت سه‌هزارسال به گوش ما می‌رسید. یک قطعه‌ی گم‌شده که بعد از دروی خرمن می‌نواختند، و دست در دست هم، با آن می‌رقصیدند. گفتم: «این موسیقی باستانی‌یه؟»

هما گفت: «سمفونی خاک. وداع با بیابان‌ها. وعده‌ی سرسبزی و شادمانی و شادخواری.»

کبوتر روی شانه‌ی هما شروع کرد به بال‌بال زدن. یعنی او هم با موسیقی به رقص درآمده بود؟ کسی شاید در کتاب‌های تاریخ این لحظات را ثبت می‌کرد. مثل این بود که جهان ویران نشده بود. آسمان صاف، همه‌جا سرسبز، جویبارها روان، درختان پربار، و آدم‌ها شاد بودند و به هم عشق می‌ورزیدند. کبوتر پرید، مثل این بود که برای سفر به سوی آشتیان بی‌تاب بود یا این‌که من این‌طور تصور می‌کردم.

فصل سوم

چنان بود که هما و راوی، راه آشتیان آن فردوس خاموش را در پیش گرفتند. کبوتر بر دوش هما نشسته بود و ایشان سوار بر مرکب‌های تندرو، هفت‌شب و هفت‌روز در بیابان‌های بی‌آب و علف راندند تا به پای کوه‌های زاگرس رسیدند.

آن‌جا کوه‌های بلند، سر به آسمان ساییده، با دره‌های تاریک و غارهای نهان و پرتگاه‌های هولناک، چون پاسدارانِ دیرینه‌سالِ آن دیار، بر دشت‌ها فرمان می‌راندند. در دامنه‌ای از آن کوه‌ها، دشتی گسترده بود و در میان آن دشت، آشتیان از دور پدیدار گشت، چنان‌که گویی باغی از فردوس برین است که به نیرنگ آفریده شده است.

گرداگرد این شهر بزرگ، بارویی سپید و بی‌پایان برافراشته بود. بخش‌هایش به چهارگوش و درازگوش، چو لشکری پیراسته، زمین را بُرش داده بودند. درختان چنار، هم‌بالا و هم‌سان، به رده ایستاده بودند و گل‌ها، همه به رنگ‌های نیلی و سپید، چو سپاهی هم‌جامه و فرمان‌بر، به ترتیبِ آراسته نشسته بودند. نهرهایی از مرمر، با آبی زلال و بی‌جنبش، روان بودند و حوض‌های بزرگ در میان باغ‌ها چنان صاف که آسمان را چون آیینه بازمی‌تاباندند، ولی مردمان از بیم بر هم زدن تصویرِ در آب، جرأت نزدیک شدن بدان را نداشتند؛ و فواره‌ها را قانونی چنان بود که در هر پانزده دَقیقه، دو دَقیقه و نیم آب برآورده شدی، به ترتیبی یکسان، چو نوازشِ چنگ در آهنگِ رود.

کاخ‌های سپید هم‌شکل، با ایوان‌هایی که پرده‌های ابریشمین هم‌رنگ داشتند، در هر گوشه‌ای از آن سرزمین برپا بودند و پنجره‌های مشبکشان یکسان می‌نمود. هیچ دری بسته نبود، ولی فضاها، تهی از آدمیان بود. درختان میوه بی‌بار و بر بودند: سنجد

بی‌بوی، انار بی‌دانه، و تاک‌های بی‌خوشه. مرغان، جز بلبلان آموخته، نغمه‌ای هم‌آوا می‌خواندند و بوی یاس و نارنج در هوا پراکنده؛ اما این شمیم نه از گلستان، که از آل‌های عطرآگین برمی‌دمید.

و چنین بود که آشتیان، آن سرزمین رویایی، در نگاه نخست دل‌ها را می‌ربود. باد خنکی که از میان شاخه‌های آراسته می‌وزید، بوی بهاری ساختگی با خود می‌آورد. نور خورشید بر آب حوض‌ها می‌رقصید و نگارهایی زرین و لاجوردی بر زمین می‌افکند، چنان که گویی زمین و آسمان در آن‌جا به هم پیوسته‌اند. مردمان با جامه‌های سپید و رنگ‌های هماهنگ، با چهره‌هایی آرام و لبخندهایی ملایم، در گذرگاه‌ها راه می‌رفتند، گویی هر یک جزئی از یک نقاشی زنده و باشکوه بودند.

آناهید و آناهیدان

چند زن با ردای سفید و چند مرد با ردای آبی به استقبالمان آمده بودند. ما در دشت، در پناه کوهستان زاگرس فرود آمده بودیم. در روزگاری نه‌چندان دور، جنگل‌های بلوط این منطقه شهرت داشتند؛ اما حالا با پیشروی بیابان‌ها، از آن جنگل‌ها دیگر هیچ نشانی باقی نمانده بود. پوشش گیاهی در حد درختچه‌ها و خاربته‌هایی بود که جابه‌جا تا دامنه‌ی کوه پراکنده بودند. در انتهای خط نگاه، در بین صخره‌ها، درختچه‌ی بلوطی در سایه‌ی سنگ‌های عظیم باقی مانده بود و از فاصله‌ای که ما بودیم، مانند نقطه‌ای سبز به چشم می‌آمد. دماسنج ۵۸ درجه‌ی سانتی‌گراد را

نشان می‌داد که در مقایسه با نقاط گرمسیر جهان، عدد قابل قبولی بود. تنها در شعاع ۲۰۰ کیلومتری این منطقه، از آن سوی دالاهو تا بقایای بغداد، یک‌سر بیابان بی‌آب و علفی بود که دما در آن وقت از روز دست‌کم ۷۰ درجه‌ی سانتی‌گراد بود. غیرقابل سکونت.

زنی که جلودار گروه بود، خودش را معرفی کرد. با صدایی به نرمیِ ابریشم گفت: «خوش آمدید. من آناهیدم. اینا هم آناهیدن، از یک تا پنج. ما تبار برتر و پاکیم، برای همین همانندسازی کردیم تا نژادمون آلوده نشه.»

کبوتر از شانه‌ی هما پرید و روی شانه‌ی او نشست. مثل این بود که کبوتر دست‌آموز اوست. من نگران هما شدم. هما به کبوتر اُخت گرفته بود. هما گفت: «مگر کلون‌سازی آدما ممنوع نیست؟»

آناهید به متانت لبخند زد و گفت: «این‌جا نه. ما به پاکی نژادمون ایمان داریم.»

و ما راه افتادیم به سمت دروازه که تا به نزدیک آن نمی‌رسیدی، نامرئی بود. با تشخیص ما دروازه خودبه‌خود باز شد و تازه آن موقع بود که من فهمیدم آشتیان زیر گنبدی از نانوکریستال بنا شده است. یک فناوری کمیاب.

بیگ‌او با نماد فروهر

هما و من، با کبوتر روی شانه‌اش، سوار یک بیگ‌اویِ مخصوص، با نماد فروهر شدیم. مثل یک سفینه‌ی قدیمی بود که برای آدم‌های

خاص، و برخی تشریفات، و مراسم رسمی بازسازی شده بود؛ با صندلی‌های چرمی رنگ‌ورو رفته و پنجره‌های مات که کوه‌های زاگرس در دوردست را تار نشان می‌داد. آناهیدها با ردای سفید، و مردهای آبی‌پوش، کنارمان بودند و لحظه‌ای از ما چشم برنمی‌داشتند. مثل این بود که یک گروه کُر هستند که همواره یک ترانه را می‌خوانند و باز از نو می‌خوانند، و اکنون اجرای ترانه‌ی تازه‌ای به آن‌ها محول شده. بیگ‌او زیر گنبد نانوکریستال شفاف آشتیان فرود آمد. گنبد در نور غروب، درخششی کم‌رنگ داشت. آسمان گنبد را احاطه کرده بود؛ به‌سادگی نمی‌شد گنبد و آسمان را از هم تفکیک کرد و با این‌حال از تَرَک‌های ریزی که جابه‌جا به‌سختی قابل دیدن بود، می‌شد حدس زد که شاید روزی گنبد می‌شکست و فرومی‌ریخت.

وارد یک بنای مستطیل‌شکلِ عظیم شدیم، با دیوارهای سفید، و کف مرمرین، که نور را پخش می‌کرد. دماسنج ۲۲ درجه‌ی سانتی‌گراد را نشان می‌داد، خنکایی عجیب که من در ایران برای اولین بار آن را حس می‌کردم. نفس راحت‌تر بالا می‌آمد و مثل این بود که بار سنگینی ناگهان از روی دوش‌ات برداشته باشند. عجیب بود که دماهای جهنمی ناگهان به خاطره‌ای دور تبدیل شدند. مثل این بود که ۲۲ درجه‌ی سانتی‌گراد، آن هم بدون غبار، طبیعی‌ترین حالت ممکن در زندگی‌ست. دلم می‌خواست هر چه زودتر بوی کاهگل در اسپادانا را از یاد ببرم.

در سالن اجتماعات، ده‌ها زن و مرد جوان و زیبا با ردای سفید و آبی به استقبالمان آمده بودند. مردان همه ریش داشتند و موهای زنان هم به زیبایی روی شانه ریخته بود. لبخندها و نگاه‌های پرمهرشان مثل عطر یاس بود که از دستگاه‌های عظیم پخش می‌شد

و فضا را پُر می‌کرد. در سالن جایی برای نشستن وجود نداشت. آناهیدِ یک که جلودار بود، با صدای بلند گفت: «به مهمانانِ ارجمند درود می‌فرستیم. آرزو داریم حضورِ شما در آشتیان، این باغ ناب و شایان، آن را ناب‌تر و شایان‌تر کند. آگاهیم که دوران سوگواری و انتظار به پایان می‌رسد، سیاوشی دیگر پا به گیتی خواهد گذاشت و خدایِ پاک ایران‌زمین را از ناراستی، حیله و خشکسالی خواهد رهانید.»

جمعیت دست زدند، با ریتمی از قبل تمرین‌شده، مثل فواره‌های باغ که هر پانزده دقیقه یک‌بار، آب می‌پاشیدند. کبوتر بال زد، و نشست روی شانه‌ی هما. در این لحظه یک نفر از ریتم خارج شد. جمعیت ناگهان سکوت کرد. آناهید بی‌هیچ حرف و سخنی به سمت آناهیدی رفت که از ریتم خارج شده بود. زن مقابل او به زانو درآمد. گفت: «ببخشید. واقعاً معذرت می‌خوام. دیگه تکرار نمی‌شه...»

با لحن عادی حرف می‌زد. آناهید با دست اشاره‌ای کرد و یک آناهید دیگر از راه رسید و آناهید خطاکار را با خود برد. خطاکار مقاومت می‌کرد. جیغ می‌کشید و گریه می‌کرد و آن دیگری او را از موهای بلندش به دنبال خود می‌کشید. هما جلو رفت و داد زد: «بس کنید! زن بیچاره رو رها کنید.»

سکوت همه جا را فراگرفت. من وحشت کرده بودم. از خودم می‌پرسیدم چه اتفاقی می‌افتد؟ از یک طرف هما را به خاطر شهامتش تحسین می‌کردم؛ اما از طرف دیگر از او عصبانی بودم. آناهید شماره یک گفت: «می‌بینید که هما از فرستادگان است. از مادرانِ تبارِ پاک...»

همه غریو شادی سر دادند و این بار با ریتمی هماهنگ‌تر از قبل دست زدند. بعد یک‌صدا گفتند: «خوش آمدی ای مادرِ زیبایِ ما!»

به هما گفتم: «این چه وضعی‌یه؟ آخه؟»

هما زیر لب گفت: «هیس! مراقب باش. احتمالاً توی بد مخمصه‌ای افتاده‌یم.»

عمارت آبی‌پوشان آشتیان

مردان آبی‌پوش مرا از هما جدا کردند و با خود به عمارت دیگری بردند که بیش و کم شبیه سالن اجتماعات بود؛ ولی قدری کوچک‌تر، با دیوارهای سفید و کف مرمر که نور را هم‌چنان قدری بازتاب می‌داد. گنبد نانوکریستال بالای سرمان بود و نور صبح فقط درخشش کم‌رنگی داشت. پرده‌های حریر سفید، پنجره‌های مشبک اورسی را پوشانده بودند. فضای بسیار تمیز و در مجموع مطبوعی بود و بااین‌حال احساس راحتی نمی‌کردم. عادت هم نداشتم که در محاصره‌ی عده زیادی از آدم‌ها با لباس‌های یک‌شکل باشم. یکی از آبی‌پوشان لبخندزنان با یک ردای آبی به سمتم آمد و گفت: «باید اینو بپوشی.»

عجیب بود. لحنش و طرز حرف‌زدنش با ما خیلی فرق نداشت.

گفتم: «لباسم خوبه، چرا باید عوضش کنم؟»

لبخند آبی‌پوش بلافاصله از روی صورتش محو شد با نگاهی خشک، تقریباً با لحنی آمرانه گفت: «این‌جا همه باید یکسان و یک‌شکل باشیم.»

گفتم: «من این لباس مسخره رو نمی‌پوشم. نمی‌خوام با دیگران یک‌شکل باشم. ما این‌جا زیاد نمی‌مونیم...»

یک مرد آبی‌پوش دیگر که تازه از راه رسیده بود گفت: « بعد از این‌که لباست رو عوض کردی، باید یک اسم هم برای خودت انتخاب کنی. کوروش یا داریوش.»

گفتم: « یعنی چی؟ حرف سرتون نمی‌شه؟ من لباسم رو عوض نمی‌کنم. اسمم رو هم تغییر نمی‌دم.»

آبی‌پوش گفت: «باید اسمت رو عوض کنی. این قانون ماست. ما این‌جا همه یا کوروشیم یا داریوش.»

گفتم: «کی این قانون رو وضع کرده؟ اصلاً چرا؟ و اصلاً چه فرقی می‌کنه؟»

یک آبی‌پوش دیگر گفت: «کوروش هخامنشی پایه‌گذار امپراتوری پارس بود، عدالت و آزادی آورد. داریوش نظم و قانون رو ساخت و راه‌ها و شهرها رو گسترش داد. کدام‌یک؟»

گفتم: «من دوست دارم خودم باشم.»

اما همان‌دم پی‌بردم که بی‌فایده است. با این‌حال خواستم دستش بیندازم. گفتم: «من دوست دارم اصلاً اسکندر باشم.»

دو آبی‌پوش به هم نگاه کردند، یکی از آن دو که خون به چهره‌اش دویده بود، گفت: «چه‌طور جسارت می‌کنی؟»

دیگری او را کنار کشید. گفت: «داریوش تازه‌وارده. هنوز درک نمی‌کنه. فعلاً ازش بگذر.»

آبی‌پوش عصبانی که تازه فهمیده بودم او هم جزو داریوش‌هاست، به دیگری که او هم جزو داریوش‌ها بود گفت: «به خاطر روی ماه تو داریوش جان.» بعدش هم رفت نشست روی یک صندلی. داریوش دوم گفت: «اسکندر مهاجم بود، غارتگر بود. دلت می‌خواد اسم یک غارتگر روت باشه یا اسم یک پادشاه؟»

خواستم بگویم اسکندر فقط یک غارتگر نبود. ذوالقرنین بود. او هم مثل من به آخر جهان سفر کرد. و موجودات عجیب و غریب دید. اما می‌دانستم بی‌فایده است. دلم گرفته بود، از دوریِ هما. دست‌هام یخ کرده بود، عرق سردی روی تنم نشسته بود و قلبم تند می‌زد. گفتم: «خیلی خب، کوروش، داریوش، فرقی نداره. زودتر تمومش کنید. می‌خوام برگردم پیش همسرم.»

آبی‌پوش‌ها ناگهان ساکت شدند. سکوتشان مانند گنبد بالای سرمان شکننده و با این‌حال غیرقابل تحمل بود. داریوش دوم از جا پریده بود و دست به قبضه‌ی یک سلاح لیزریِ آبی‌رنگِ تیره برده بود که ظاهراً همه با خود داشتند و در هماهنگیِ کامل با ردایشان بود. نام هما مانند نام ممنوعه‌ی یک قدیسه در فضا طنین انداخته بود و من هم‌چنان نه ردای آبی به تن داشتم، و نه اسمم را عوض کرده بودم، اما این را فهمیده بودم که در آشتیان هیچ چیز از آنِ تو نیست ــ نه نام، نه لباس و نه حتی عشق. به نظرم آمد که کژتابی مهمی در اینجا پیش آمده. حتی هوایی که نفس می‌کشیدم مال آن‌ها بودــ ۲۲ درجه‌ی کنترل‌شده، بی‌هیچ خاطره‌ای از بادهای کویری.

ضیافت در آشتیان

من و هما را برای آشنایی با زندگی روزانه در آشتیان به کلبه‌ی یک زوج جوان دعوت کرده بودند که چند روزی مهمان آن‌ها باشیم. ما هر دو از پذیرش لباس رسمی و تغییر نام خودداری کرده بودیم. حدس می‌زدم که یکی از هدف‌های این مهمانی متقاعد کردن ما بود به پذیرش آیین‌ها و هنجارهای این جامعه‌ی تازه.

کلبه‌ی زوج آشتیانی کوچک اما بی‌اندازه تمیز یا به تعبیر این‌جایی‌ها «پاک» بود. کبوتر در این مدت کاملاً با هما اُخت گرفته بود. مثل این بود که بخشی از وجود اوست. اگر پر می‌کشید، هر جا که می‌رفت خودش را به هما می‌رساند و روی شانه‌ی او می‌نشست.

مثل این بود که کلبه را از روی ماکتی در بهشت ساخته بودند. مثل «گوی آرزوها»یی بود که من در کودکی از پدرم هدیه گرفته بودم. غروب بود که در مشایعت یکی از آناهیدها به آن‌جا رسیدیم. کلبه در آن وقت از روز در نور غروب که از گنبد نانوکریستال می‌تابید، درخشش کم‌رنگی داشت. گنبد مثل آینه‌ای بود که ما را از آسمان دور نگه می‌داشت و با این‌حال تَرَک‌ها، صدای ریزش را، مثل یک راز هولناک در گوش همگان زمزمه می‌کرد.

زن، آناهید شماره‌ی ۱۷۵۴ الف نام داشت؛ و مرد، کوروش شماره‌ی ۳۲۴۱. مثل این بود که از یک قالب پلاستیکی بیرون آمده بودند. محصول کارخانجات تولید آناهید و کوروش و داریوش در جایی که معلوم نبود کجاست؛ اما همه می‌دانستند که هست؛ با لبخندهایی که مثل عطر مصنوعی یاس از دستگاه‌های پخشِ بو

در هر گذری پخش می‌شد. از بوی کاهگل خبری نبود. حتی مختصرغباری هم در گوشه و کنار دیده نمی‌شد. معلوم بود که ربات‌های نظافتچی به بهترین وجه هر روز کارشان را انجام می‌دادند. یک اتاق غذاخوری مجهز با یک دستگاه هواپز که مثل ماکت یک سفینه‌ی فضایی بود، و یک میز ناهارخوری چهارنفره با چهار صندلی، که به ظاهر از چوب بلوط بود؛ اما در واقع از کامپوزیت‌های نانویی ساخته شده بود که آن هم البته در جهان ما کمیاب بود.

هواپز، غذاهای بی‌نقص، اما بی‌طعم می‌ساخت: نان لواش صاف به اندازه‌ی یک صفحه کاغذ از دفترچه‌ی خاطرات یک پیرمرد باستان‌شناس که مثلاً صدوشصت، هفتاد سال قبل درگذشته باشد، پنیر با چربی نیم درصد از شیر دست‌ساز گوسفندهایی که آخرینشان بیش و کم یک قرن پیش منقرض شده بودند، سبزیجات با عطر و رنگ و البته طعم شیمیایی و خیلی چیزهای دیگر که خود دستگاه بر اساس یک برنامه‌ریزیِ از قبل تنظیم شده می‌ساخت و در کمتر از ده دقیقه آماده می‌کرد.

صندلی‌ها فوتوریستی طراحی شده بودند با خطوط فلزی که انگار با مارهای کویر خویشاوندی دوری داشتند. آن‌ها به قاعده، دور یک میز سفید چیده شده بودند. یک آتشکده‌ی کوچک، اما بسیار زیبا هم گوشه‌ی نشیمن قرار داشت. آتش همیشه روشن بود مثل یک قلب مصنوعی که بی‌صدا می‌تپید، ولی هیچ گرمایی نداشت.

کوروش شماره‌ی ۳۲۴۱ گفت: «روشن نگه داشتن آتش وظیفه‌ی منه. نه این‌که زن‌ها نتونن این‌کار رو بکنن. تقسیم وظایف در آشتیان داوطلبانه‌س.»

آناهید شماره‌ی ۱۷۵۴، به رسم مهمان‌نوازی لبخند زد. لبخندش اما دلنشین نبود. فاصله‌ای وجود داشت بین ما و آن‌ها، از جنس فاصله‌ای که بین مربی و کارآموز وجود دارد؛ با هم مؤدب بودیم اما از صمیمیت خبری نبود.

ما سر میز نشسته بودیم و می‌خواستیم شام بخوریم. هما گفت: عجب میز سفیدی! و بعد هم با سر انگشت میز را لمس کرد. رد انگشتش اما به دلیل نامعلومی روی میز باقی ماند. آناهید شماره‌ی ۱۷۵۴ بلافاصله دستمالی از جیب ردایش بیرون آورد و با حرکتی سریع، میز را پاک کرد. چنان با غیض و چه بسا با نفرت دستمال را روی میز می‌کشید که انگار نه اثر انگشت، که وجود هما را می‌خواست محو کند.

کوروش شماره‌ی ۳۲۴۱ درحالیکه قاشق‌چنگال‌ها را دقیقاً موازی لبه‌ی بشقاب چیده بود، گفت: «فضاهای مشترک رو باید پاک نگه داریم. این‌جا، در نزد ما هر چیز شخصی آلودگیه.»

سپس هر دو یکسان لبخند زدند، مثل دو پنجره‌ی باز در نرم‌افزار یک معماریِ از پیش تعریف شده. تمام مدت که شام می‌خوردیم من به دلم آمده بود که کسی از جایی که نمی‌دانستم کجاست ما را نگاه می‌کند. به هما از زیر چشم نگاه کردم. در همان نگاه گذرا فهمیدم که هما هم حس مرا دارد. آناهید شماره‌ی ۱۷۵۴ داشت درباره هومَت، هوخت، هورشت در اوستا صحبت می‌کرد. من به کوروش شماره‌ی ۳۲۴۱ گفتم: «زندگی شما واقعاً خیال‌انگیزه. منو یاد گوی آرزوها می‌ندازه که در پنج سالگی از پدرم هدیه گرفته بودم.»

کوروش شماره‌ی ۳۲۴۱ به مهربانی خندید: «تشبیه زیبایی‌ست. گوی آرزوها. تا حالا بهش فکر نکرده بودم. قدر زندگی زیر گنبد رو باید دونست.»

گفتم: «هیچ‌وقت بیرون نرفتید از آشتیان؟»

آناهید گفت: «ما هیچ‌وقت احساس نکردیم که دوست داریم جای دیگه‌یی باشیم غیر از این‌جا.»

هما گفت: «اما سفر مهمه.»

من می‌خواستم بحث را عوض کنم. می‌ترسیدم بیش از حد به باورهای میزبانان نزدیک شده باشیم. گفتم: «در همچین زندگی خیال‌انگیزی چرا بچه نیست؟»

آناهید شماره‌ی ۱۷۵۴ ساکت شد، مثل این بود که سؤالم از هر توهینی در این دنیا توهین‌آمیزتر بوده باشد. کوروش شماره‌ی ۳۲۴۱ اما با متانت گفت: «علتش ساده‌س. ما همه از نژاد پاکیم، کلون‌شده و خویشاوند. منتظر سیاوش جدیدیم، همان که ایران‌زمین رو از دروغ و خشکسالی نجات می‌ده.»

هما بی‌اختیار دستش را گذاشت روی شکمش. دستش مثل پرنده‌ای که می‌خواهد از قفس بپرد، برای لحظه‌ای روی شکمش لرزید. انگار چیزی حس کرده بود. من نگاهش کردم، دلم لرزید. با خودم گفتم یعنی وجودش را حس می‌کند؟ چه حس غریبی و چه وظیفه‌ی سنگینی! حتی تصورش از تحمل من خارج بود.

آناهید شماره‌ی ۱۷۵۴ با صدایی یک‌نواخت مثل کسی که از روی یک کتاب مقدس می‌خواند گفت: «فروهر پاکدین کی‌سیاوش، که راهش در آشتیان زنده است و هرگز نمی‌میرد.»

کوروش شماره‌ی ۳۲۴۱ هم با او هم‌صدا شد.

من از این مراسم عجیب گیج شده بودم. هما از سردرگمی من خنده‌اش گرفته بود. نجواکنان در گوشم گفت: «در اوستا از سیاوش با عنوان فروهَرِ پاکدین کی‌سیاوش ستایش شده. او را این‌جا از شاهان کیانی و نُماد پاکی و عدالت می‌دونن؛ اما با منشأَش که اوستاست، آشنا نیستن.»

با خودم گفتم عجیب نیست که در این برهوت، حتّی باقی‌مانده‌های اوستا هم نابود شده باشد. آناهید شماره‌ی ۱۷۵۴ که از هیجان می‌لرزید گفت: «زندگی ما با گفتار، کردار، و پندار نیک می‌گذره. می‌دونیم یه روز سیاوش از راه می‌رسه و ما بر تاریکی پیروز می‌شیم و تمدن باستانی رو زنده می‌کنیم.»

تو دلم گفتم: «عجیبه، چرا اینا تو خونه‌شون به فارسی سره حرف نمی‌زنن؟»

کوروش ۳۲۴۱ انگار ذهنم را خوانده بود، گفت: «ما فقط در مراسم رسمی به پارسی با واژگان پاک حرف می‌زنیم.»

باقی شب را در دامنه‌ی زاگرس، زیر گنبد نانوکریستال در دمای ۲۲ درجه‌ی سانتی‌گراد با شراب شیراز و موسیقی باربد، با ترانه‌ها و آهنگ‌هایی به قدمت سه‌هزارسال گذراندیم. مثل این بود که در دامنه‌ی زاگرس شقایق‌زارها، زیر سقف آسمان به ستاره‌ها نگاه می‌کردند، دریاچه‌ها پُرآب، و زمین پُربرکت بود. کبوتر گاهی روی شانه‌ی هما بال می‌زد و من به خودم نهیب می‌زدم که فریب نخورم، که ترانه‌ها و آهنگ‌ها هیچ شباهتی به نغمه‌های باستانی ندارند. این فقط نسخه‌ی دیجیتالی شده بود، بدون هیچ ناخالصی انسانی، مثل هر چیز دیگری در آشتیان.

باز هم در تالار اجتماعات

صبح روز بعد، تالار اجتماعات آشتیان، زیر گنبد نانوکریستال، درخشش خیره‌کننده‌ای داشت. معلوم بود که خورشید فروزان‌تر از هر روز دیگری در تابستان تابیدن گرفته است. درجه‌ی حرارت در آشتیان ثابت روی ۲۲ درجه بود؛ اما از میزان تابش نور به خوبی می‌شد حدس زد که در سایه‌سار زاگرس، دمای هوا دست‌کم ۶۰ درجه‌ی سانتی‌گراد و در بیابان‌های منتهی به بغداد، چه بسا حتی ۸۰ درجه‌ی سانتی‌گراد بود. یک دمای کاملاً کشنده مگر با تجهیزات ویژه که در این منطقه کمیاب بود.

مرا از هما جدا کرده بودند و در گوشه‌ای در تالار اجتماعات، در تنگنا و در محاصره‌ی چهار داریوش و یک کوروش قوی‌هیکل ایستاده بودم. آن‌ها را رسماً برای مراقبت از من به کار گمارده بودند. مثل سایه‌های دراز و پهن هر جا می‌رفتم و هر کار می‌کردم همراهم بودند. گفت‌وگو و بحثی هم در بین نبود. یکی از داریوش‌ها، که گردنش مثل ستون‌های شکسته‌ی طاق بستان بود، بیشتر از همه به چشمم آمد. یک سر و گردن هم از من بلندتر بود، برای همین، صحنه را از پسِ کله‌ی او می‌دیدم: دیوارهای سفید با کف مرمرین، پرده‌های حریر سفید که پنجره‌های مشبک اورسی از چوب کامپوزیت را می‌پوشاندند.

آناهیتایِ یک، دست در دست کوروش یک و داریوش یک، دامن‌کشان روی صحنه آمد. جمعیت غریو شادی سر داد، چند نفر گل‌های آبی و سفید را که گل‌سازهای الکترونیکی پیشرفته تولید کرده بودند به سمت صحنه پرت کردند. یک موسیقی حماسی که

تلفیقی از موسیقی سه‌هزارسال قبل با صدای طبل و نوای محزون نی بود در سالن پخش شد. مثل این بود که هر لحظه ممکن بود جنگی دربگیرد و هر لحظه ممکن بود خونی ریخته شود. بلبل‌های همسان که احتمالاً آموزش دیده بودند، با فورماسیون‌های هندسی متغیر به پرواز درآمدند. یک بار دیگر غریو شادی جمعیت برخاست و سپس همین‌که بلبل‌ها از نظر دور شدند، دوباره نوای محزون نی بر فضا غلبه پیدا کرد. بعد گروه کُر روی صحنه آمدند و یک ترانه‌ی حماسی بسیار زیبا را در هماهنگی با هم اجرا کردند.

من هم‌چنان در تنگنای داریوش‌ها و آن داریوش گردن‌کلفت قرار داشتم که ناگهان صدای همهمه‌ای از جمعیت بلند شد. «گردن» به سمت راست که چرخید، از پس کله‌ی او دیدم که در دو لته و عظیم تالار باز شد و از میان نور، پیکری از کامپوزیت نانویی با چهره‌ای شبیه یک شاهزاده‌ی ایرانی روی یک کجاوه‌ی الکتریکی خودرو وارد شد. مردم برای پیکر راه باز کرده بودند. در همین لحظه هما را دیدم که همراه با چندین آناهید روی صحنه آمد. آناهید شماره‌ی یک، یک‌قَدَم جلو آمد و توی میکروفن با صدایی رسا که از هیجان می‌لرزید گفت: «به آورنده‌ی رهایی‌بخش ما خوشابُد می‌گوییم. خوشابُد ای مامِ میهن.»

جمعیت با یک آهنگ یکنواخت در هماهنگی کامل با هم تکرار می‌کردند: «خوشابُد ای زاینده‌ی راستی. خوشابُد ای زاینده‌ی راستی. خوشابُد ای زاینده‌ی راستی.»

چندین کوروش و داریوش از شدت هیجان یقه‌ی خود را جر داده بودند و بر سر و سینه‌ی خود می‌کوبیدند. چند آناهید به زانو درآمده بودند، دست به دعا برداشته و گریه می‌کردند. من روی پنجه‌ی پا ایستاده بودم و سعی می‌کردم از پشت «گردن» هما را ببینم. هما به

سمت آناهید رفت و میکروفن را از او گرفت. تعجب کرده بودم. با خودم گفتم یعنی موفق شده بودند هما را هم با خودشان هم‌داستان کنند؟ اما اگر این‌طور بود پس او چرا لباس آناهیدها را نپوشیده بود، آن هم در چنین مراسمی؟

صدای هما در تالار طنین‌انداز شده بود. هما گفت: «من نمی‌دانم شما کی هستید و از زندگی چه انتظاری دارید.»

هر جمله‌ای که از دهان هما بیرون می‌آمد با غریو مردم درمی‌آمیخت. برای همین هما اغلب در فاصله بین جملات مکث می‌کرد. قلب من تندتر می‌زد و خیسِ عرق شده بودم. کلافه بودم و دلم می‌خواست «گردن» را با یک حرکت کنار بزنم و خودم را از محاصره کوروش و داریوش‌ها نجات بدهم و به هما برسم. هما گفت: «من بلد نیستم مثل شماها حرف بزنم. اما این رو می‌دونم، خوب توجه کنید که چی می‌گم – این رو می‌دونم که من اون چیزی نیستم که شماها در انتظارش هستید.»

جمعیت ناگهان ساکت شده بود. آناهید شماره‌ی یک خواست میکروفن را از دست هما بیرون بیاورد؛ اما موفق نشد. هما گفت: «این‌که شما منتظر یک مُنجی هستید، مسئله‌ی خودتونه. من اما حامل و مادر مُنجی شما نیستم. من حتی مُنجی خودم هم نیستم، چه رسد به دیگران. من اصلاً نمی‌دونم کی هستم و از زندگی چی می‌خوام. همین‌قدر می‌دونم که زندگی شما رو نمی‌خوام؛ البته چشم‌اندازی از یک زندگی دیگه هم جلو چشمم نیست که بخواهم توصیه کنم به کسی. من فقط الان، در این لحظه می‌دونم که زندگی شما در این‌جا، این شعارها، این مراسم به کار من یکی نمی‌آد.»

کبوتر از روی شانه‌ی او پرید و بالای سر او به پرواز درآمد. با هر تقلایی که می‌کرد پرهایش می‌ریخت.

جمعیت به خشم آمده بود. در این فاصله آناهید میکروفن را از دست هما درآورده بود و تعدادی از کوروش‌ها و داریوش‌ها او را با خود از صحنه بیرون می‌بردند. من خواستم «گردن» را کنار بزنم که موفق نشدم. جمعیت عصبانی از هر طرف هجوم می‌آورد. آناهید با صدایی لرزان خطاب به جمعیت می‌گفت: «بخشایش کنید. مامِ میهن امروز ناساز است. ولی پیمان ما استوار باد: سیاوَرَشنَ خواهد آمد.»

در آن تنگنا می‌شد دید که سیستم مختل شده و تصویر دشت‌های خشک زاگرس روی دیوار افتاده بود. من با خودم یک‌لحظه فکر کردم شاید هزاران‌هزار سیاوش در این بیابان‌ها دفن شده‌اند. چه خون‌هایی که در این دشت‌ها ریخته شده. کبوتر که هم‌چنان داشت روی صحنه بال‌بال می‌زد، با آخرین نیرو بال زد و در آن لحظه پری سفید روی پیکر نانویی افتاد. در تماس با سطح مصنوعی، پَر ناگهان شعله‌ور شد و دودی سیاه به سمت گنبد نانوکریستال بالا رفت. جمعیت برای لحظه‌ای سکوت کرد. آناهید شماره‌ی یک با چهره‌ای بی‌احساس به نگهبانان اشاره کرد و تصویر هولوگرافیک عوض شد: حالا می‌شد نقشه‌ای از ایران را دید که آشتیان در میان می‌درخشید. یک تک‌خال. یک جای منحصربه‌فرد. بدیلی برای ایرانشهر. صدای آناهید از بلندگوها در تالار طنین انداخت: «مسیر پاکی از آشتیان آغاز می‌شود!»

من اما می‌دانستم حقیقت جای دیگری است ـ در همان دشت‌های خشکی که تصویرشان لحظه‌ای روی دیوار افتاده بود.

آن‌جا که هزاران سیاوش گمنام در خاک خوابیده بودند. از خودم
می‌پرسیدم یعنی هم‌چنان مقاومت ادامه دارد؟

مراسم آتش و باستان‌شناس پیر در آشتیان

یک‌هفته از نمایش پر زرق و برق تالار اجتماعات آشتیان و شورش
هما گذشته بود. اجازه داده بودند که ما فعلاً در آشتیان در آرامش
زندگی کنیم. در یک مجتمع یک سوئیت کوچک هم در اختیارمان
گذاشته بودند. در این مدت من استراحت کرده بودم و دوباره
داشتم همان آدم سابق می‌شدم. روحیه‌ی هما اما تغییر نکرده بود.
از هر چیزی که در آشتیان اتفاق می‌افتاد بیزار بود، جز کبوتر که
مثل همیشه روی شانه او می‌نشست. حالا غروب بود، و ما در
یک میدانگاه خشتی وسط این بهشت دست‌ساز در میان انبوهی از
جمعیت ایستاده بودیم. این‌بار همه‌ی آن کوروش‌ها و داریوش‌ها و
آناهیدها با قیافه‌های بیش و کم یکسان لباس‌های سفید و آبی
پوشیده بودند. گنبد نانوکریستال در نور غروب درخششی بی‌فروغ
داشت و من حالا دیگر هر بار که سر بلند می‌کردم مثل این بود که
آسمان را نمی‌بینم. دما همیشه ۲۲ درجه‌ی سانتی‌گراد بی‌هیچ
تغییری بود. دمای بیرون، آن دمای «واقعی» را فقط می‌شد از
شدت تابش نور خورشید حدس زد. دیوارهای خشتی میدانگاه
پوشیده از نُمادهای ایران باستان بود.

بعد از ساعتی، یک کجاوه شبیه یک سرو که انگار از باغ گیاهان
فراموش‌شده‌ی باستانی قرض گرفته بودند، بر تخت، روی دوش
۴۰ داریوش و کوروش حمل می‌شد. دنبال آن‌ها ۴۰ آناهید

می‌رفتند. یک گروه ارکستر ۴۰ نفره شامل نی‌زن‌ها و طبال‌ها داشتند برای خودشان یک موسیقی باستانی ویژه این مراسم را می‌نواختند. سرو را با پارچه‌های آبی و سفید و آینه‌های کوچک تزئین کرده بودند. موسیقی آیینی اصلاً کیفیت نداشت و مثل این بود که بر اساس برخی قطعات یافت شده، با دستگاه، بازنویسی و بازسازی شده بود. در همان حال آناهیدها و کوروش‌ها و داریوش‌ها مویه می‌کردند؛ اما مویه‌ی آن‌ها هم با هم هماهنگ بود. مثل این بود که هفته‌ها تمرین کرده بودند.

هما با بی‌علاقگی به این صحنه نگاه می‌کرد. گفت: «نمی‌شد حالا این‌قدر طبل نمی‌زدن. سردرد گرفتم.» سه ماهی از بارداری‌اش می‌گذشت و از همان موقع هم این سردردها شروع شده بود. صدای طبل‌ها هم واقعاً مثل ضربان قلب یک غول مکانیکی بود؛ ریتمی که نه برای سوگ، که برای برنامه‌ریزی ذهن جمعیت طراحی شده بود.

تخت روان به میدان اصلی رسید و همه ایستادند. مراسم عبور از آتش شروع شد. یک شعله‌ی مصنوعی به رنگ آبی و صورتی که منشأ آن احتمالاً یک پروژکتور غول‌پیکر، در جایی پنهان از دید بود، به اطراف زبانه می‌کشید. جمعیت مثل ربات‌های برنامه‌ریزی‌شده، هماهنگ با هم، با یک ریتم از قبل تعیین‌شده دست می‌زدند.

هما آروم گفت: «نگاه کن!»

گفتم: «چی؟»

گفت: «اون‌جا! اون‌جا!»

کاملاً هیجان‌زده بود. نگاه کردم. باورکردنی نبود. مطلقاً، اصلاً نمی‌شد باور کرد. درست می‌دیدم؟

هما گفت: «درست می‌بینیم؟»

گفتم: «ظاهراً»

گفت: «تو هم می‌بینیشون؟»

یک پیرمرد و یک پیرزن نسبتاً سالخورده در نزدیکی شعله‌های آتش ایستاده بودند و با لذت مراسم را نگاه می‌کردند. مرد کت و شلوار پوشیده بود و کلاه شاپو به سر داشت و زن با یک لباس بسیار ساده؛ اما خوش‌دوخت و زیبا در کنار او ایستاده بود.

گفتم: «آره. می‌بینمشون. اما مثل این‌که فقط ما می‌تونیم اونا رو ببینیم.»

هما گفت: «آره. خیال می‌کنم این‌جوری باشه. عجیبه؟ نه؟»

گفتم: «نه. هیچ‌چی دیگه عجیب نیست.»

در این فکرها بودم که پیرزن دستش را به‌سوی شعله‌های مصنوعی دراز کرد. مثل این بود که چیزی در مشت داشت ـ شاید دانه‌های گندمی که در کاوش‌هایی پیدا شده بود. ناگهان آتش واقعی شد: زرد و تند و گرم. برای اولین‌بار در تاریخ آشتیان، دماسنج از ۲۲ درجه جهش کرد. عجیب بود که جمعیت این تغییر را اصلاً احساس نکردند.

ویلای ایران‌شناسانِ آشتیان

یک هفته‌ای از مراسم سوگ سیاوش در تالار آشتیان گذشته بود، و حالا من و هما در نشیمن ویلایی در حاشیه گنبد نانوکریستال مهمان آقای کیانی، باستان‌شناس و فخری‌خانم، همسر ایران‌شناس‌اش بودیم. کیانی دست‌کم ۹۰ سال را داشت. همسرش هم از او هفت‌هشت‌سالی جوان‌تر بود. هر دو سرحال و بی‌اندازه قبراق بودند. مخصوصاً فخری‌خانم که شاداب بود و مدام می‌خندید و تحرک داشت و خیلی هم مهمان‌نواز بود. گفت: بفرمایین، بنشینید. خوش اومدین. چی میل دارین؟ چای؟ قهوه؟

من مدت‌ها بود قهوه نخورده بودم. گفتم: «قهوه‌ی واقعی؟»

فخری‌خانم غش‌غش خندید. گفت: «قهوه‌ی "واقعی" برای شما. هما خانوم شما چی میل دارین؟»

هما به من از زیر چشم نگاهی انداخت که معنایش در آن لحظه برای من این بود: «این‌قدر تو بی‌جنبه‌ای؟ تا اسم قهوه شنیدی ذوق کردی؟»

من گفتم: «خانم فخری، زحمت نیفتید. لازم نیست.»

فخری‌خانم باز خندید. صدای غش‌غش خنده‌اش مثل جیرجیرکی بود که به سکسکه افتاده باشد.. گفت: «این‌قدر ازش حساب می‌بری، ناقلا؟»

بعد رو کرد به آقای کیانی. گفت: «یاد بگیر کیانی.» بعدش هم به هما گفت: «پس برای تو هم قهوه. دو فنجون قهوه‌ی فرانسوی برای مهمونای عزیزم. کیانی! برای تو چی بیارم؟»

کیانی نوک عصایش را چند بار به زمین کوبید: گفت: «کنیاک عزیزم. کنیاک با سیگار برگ.»

فخری‌خانم مثل یک بانوی مرفه که خدمتکارش را می‌خواند، با صدای بلند رو به جایی در دیوار گفت:« ۴۷۶ شنیدی؟»

صدایی در نشیمن طنین انداخت که «بله خانم! اطاعت می‌شه.»

معماری ویلا مثل معماری دوران پهلوی دوم بود، یک‌جور مدرنیسم بین‌المللی با کاهش توجه به باستان‌گرایی، با سقف بلند، و پنجره‌های عریض، و ایوان و باغچه. منتها با این تفاوت که پنجره‌های عریض ویلا پوشیده از لایه‌ای نانوکریستال بود که نور طبیعی را به طیف‌های قابل‌تحمل‌تر تجزیه می‌کرد. دیوارهای خانه پر بود از نقشه‌های دست‌نویس از شهرهای باستانی ایران، در بین آن‌ها تک‌وتوک طرح‌های هرتسفلد از تخت‌جمشید هم به چشم می‌خورد. ویترین‌های پر از سفال‌های شکسته دور تا دور اتاق بودند. هر ویترین مختص یک تمدن فروپاشیده. ساعت‌های دیواری به قدمت صدوپنجاه‌سال، شاید هم بیشتر، روی لحظه‌ای متوقف مانده بودند که تمدن ایران در اثر بیابان‌زایی و جنگ‌های داخلی فروپاشیده بود. یک میز کار وسط اتاق بود. کیانی کنار میز ایستاده بود و داشت کاغذی را می‌خواند. به من اشاره کرد. بلند شدم و به طرف میز رفتم. روی میز مجموعه‌ی پنج‌جلدی شاهنامه‌ی خالقی مطلق بود، کنار آن یک گوی آرزوها، با ماکتی از آشتیان. کیانی، گوی را برداشت و تکانش داد. فخری‌خانم دوباره غش‌غش خندید. گفت: «باز شروع کردی کیانی؟ تا یه تازه‌وارد می‌بینی دوباره، روز از نو روزی از نو. آخرش هم که یا می‌شن کوروش و داریوش و یا آناهید.»

کیانی گفت: «خانم، مگر من چه کرده‌ام؟»

فخری‌خانم که از خنده ریسه رفته بود گفت: «بگم؟ همه‌چیز رو مطمئنی؟» و باز دوباره خنده‌اش اوج گرفت. هما نشسته بود روی کاناپه‌ی دونفره، اخم کرده بود. گفت: «آقای کیانی لابد می‌خوان شاهکارشون رو نشونت بدن.»

فخری‌خانم گفت: «ای ناقلا!»

بعد رو به کیانی کرد و گفت: «این از اوناس ها.»

کیانی همه‌ی این خنده‌ها و حرف‌ها را ندیده گرفته بود. گوی آرزوها را به دست من داد. آن را برگرداندم. زیر گنبد شیشه‌ای ماکتی از آشتیان را می‌دیدی که داشت برف می‌بارید اما برف‌های درون گوی نه سفید، که به رنگ خاکستر بودند، گویی از سوزاندن آخرین نسخه‌ی شاهنامه به دست متعصبان مذهبی به دست آمده بودند. یک تصویر خیال‌انگیز. یک خاطره‌ی فراموش‌شده. گفتم: «شما برف دیده‌اید آقای کیانی؟»

گفت: «نه پسرم. وقتی من به دنیا آمدم، دیگه برفی نمی‌بارید.»

پیرزن به هما نگاه کرد. از شادابی دقیقه‌ی قبل کمترین نشانی در او باقی نمانده بود. مثل این بود که چشمانش داستانی کهن را تعریف می‌کرد. پرسید: «چندوقته حامله‌یی؟»

هما گفت: «فکر کنم سه ماه.» بعدش هم بلافاصله گفت: «اما مطمئن نیستم.»

سکوت نامطبوعی در فضا بود. کیانی با عصبانیت گفت: «مطمئن نیستی که حامله‌ای یا مطمئن نیستی که یک‌ماهه حامله‌یی؟»

هما گفت: «خیلی مطمئن نیستم به شما ربط داشته باشه که من حامله‌ام، چندوقته حامله‌ام یا چرا حامله‌ام یا چرا نمی‌خوام حامله باشم یا نباشم.»

رفتم پیش هما و کنارش نشستم و دستش را در دستم گرفت. هما گفت: «ولم کن!»

از او قدری فاصله گرفتم. کیانی گفت: «ما به فرزند تو بسیار امید داریم.»

هما گفت: «بی‌خود امید دارید. امید نداشته باشید. من مطمئن نیستم بخوام این بچه رو به دنیا بیارم.»

پنجره‌های ویلا بزرگ بودند و بااین‌حال، ویلا تاریک بود. نه از فقدان نور. از نبود نور طبیعی به خاطر لایه‌ای که پنجره‌ها را پوشانده بود. ما در پناه گنبد نانوکریستال بخش کوچکی از آشتیان بودیم و در همان حال آشتیان مثل یک گوی آرزوها، بخش بسیار کوچکی از ویلا بود. هر چیزی در این دو دنیای مرتبط و تودرتو از انقراض نشان داشت.

شماره‌ی ۴۷۶ قهوه و کنیاک را آورد. ابتدا لیوان کنیاک را به کیانی تعارف کرد و بعد هم خم شد و قهوه را جلوی ما روی میز نشیمن گذاشت. قهوه توی جام‌های سفالی سِرو شده بود، با طرح‌های نیمه‌کاره که انگار بی‌انتها بودند. طعم قهوه تلخ بود، بسیار تلخ. پیرزن با لحنی مادرانه گفت: «دخترم ناراحت نباش. کیانی قصد بدی نداشت. کیانی براشون تعریف کن که چه‌طور آشتیان رو ساختیم.»

کیانی بی‌حوصله بود. هنوز ایستاده بود. در یک دست عصا و در یک دست جام کنیاک. نوک عصایش را به زمین کوبید. گفت: «چه فرقی می‌کنه؟»

بعد به طرف ما آمد. مقابل هما ایستاده بود. گفت: «دخترم. ما تنها بودیم. وقتی تنها هستی، فکر می‌کنی. ما نمی‌خواستیم فکر کنیم. برای همین این‌جا رو ساختیم: تا سرگرم باشیم، تنها نباشیم، فکر نکنیم. این که ایرادی نداره، داره؟»

پیرزن مثل کسی که با خودش حرف می‌زند گفت: «شاید ایرادش این باشه که ما سازنده‌های این کابوس‌ایم. وقتی تو داری کابوس می‌بینی، نباید در بیداری خیلی اصرار داشته باشی که توی همون کابوس زندگی کنی.»

کیانی با عصبانیت نوک عصایش را چندبار به زمین زد و در همان حال گفت: «مزخرفه! مزخرفه! مزخرفه! این فکر نیهلیستی و ویرانگره. ایران هست و باقی خواهد ماند و احیا خواهد شد و نسل‌های بعد با آن مهربان‌تر خواهند بود. تردید ندارم. آشتیان رو نباید با ایران اشتباه گرفت. آشتیان، تصور من، آن هم در شصت سالگی از این ویرانی‌ست که برای خودم و تو، فخری‌جان قابل تحملش کرده‌م.»

فخری‌خانم گفت: «چرا حالا وایستادی؟ بیا بشین عزیزم.»

هما گفت: «مسئله‌ی من اینه که کی زندگی ارزش سوگواری داره. من می‌خوام بچه‌م در دنیایی متولد بشه که سوگ معنی داشته باشه. فقط همین.» بعد سرش را روی شانه من گذاشت و دست مرا در دستش گرفت. من موهایش را می‌بوییدم و احساس آرامش می‌کردم. زندگی برای من بی‌کم و کاست در آن لحظه معنی داشت.

پیرمرد عصاکشان به طرف میز تحریر رفت، با دستان لرزان، عکسی از کوهستان زاگرس را از کشوی میز درآورد، و به من داد. با دیدن عکس ما هر دو بی‌آن‌که به روی هم بیاوریم، بی‌هیچ حرف و سخنی به خاطر آن شکوه و جلال از دست رفته قطره اشکی ریختیم. بعد از شام هما به کتابخانه‌ی این زن و مرد عجیب، این خداوندگاران آشتیان نگاه کرد که پر بود از نامه‌هایی به زبان‌های زنده و مرده دنیایی که آن هم دیگر از دست رفته بود. روی دیوار کتیبه‌ای را به خط میخی قاب گرفته بودند. گفتم: «روی کتیبه چی نوشته شده؟»

کیانی و همسرش به هم نگاه پرمعنایی کردند. کیانی زیر لب با صدایی لرزان گفت: «هر آرمان‌شهر، گورستانی است با دروازه‌های زرین.»

با خودم گفتم: چگونه می‌توان به این گورستان معنا داد؟

گفت‌وگو در مهمانسرای آشتیان

ما به آپارتمانمان برگشته بودیم. یک سوئیت جمع و جور در مهمانسرای آشتیان. البته فکر نمی‌کنم لازم به گفتن باشد که ما تنها مهمانان مهمانسرا بودیم. احتمالاً دست‌کم از ۳۰ سال پیش به این‌طرف کسی در اتاق‌های متعدد این مکان زندگی نکرده بود. می‌گویم ۳۰ سال، چون قدمت آشتیان هم بیش و کم می‌بایست در همین حدود باشد. چون کیانی خودش گفته بود که در شصت

سالگی به فکر احداث آشتیان افتاده بود و حالا هم که دست‌کم نود سال داشت.

به هر حال هرچه بود یک هفته‌ای بود که تَرَک‌های گنبد نانوکریستال وسیع‌تر و عمیق‌تر شده بود. از خودم می‌پرسیدم این همه آناهید و کوروش و داریوش چرا این ترک‌ها را نمی‌بینند؟ هما می‌پرسید: واقعاً هیچ راهی برای مرمت گنبد وجود ندارد؟

این واقعیت داشت که دما در آشتیان به میزان یک درجه سانتی‌گراد افزایش پیدا کرده بود. احتمالاً این روند صعودی بود؛ اما برای من مهم نبود، چون تقریباً مطمئن بودم که در این شهر نمی‌مانیم؛ اما هنوز موضوع را با هما در میان نگذاشته بودم.

آپارتمان ساده بود، یک تخت فلزی با تشک نازک، یک میز پلاستیکی سفید، دو صندلی خاکستری و یک هواپز که در برنامه‌اش فقط دو سه جور غذای سنتی ایرانی بود: قیمه‌نثار، یک جور آبگوشت که من تا آن روز نخورده بودم و اسمش بود دیزی که داغ، و خیلی چرب، اما بی‌مزه بود؛ و چلوکباب معروف به همه‌ی اَشکال متنوعش که گوشتش قدری شیرین بود و به من نمی‌ساخت.

من از وقتی که متوجه تَرَک‌های گنبد شده بودم، بیشتر به دماسنج نگاه می‌کردم. مثل یک‌جور درگیریِ ذهنی بود. به خودم می‌گفتم: «اگر دما بیشتر از ۲۳ درجه‌ی سانتی‌گراد باشد، حتماً گنبد تا چند روز دیگر فرومی‌ریزد» و بعد وقتی که می‌دیدم دما روی ۲۳ درجه ثابت مانده، به جای آن‌که آرامش پیدا کنم، بیشتر نگران می‌شدم. یعنی واقعاً امکان دارد افزایش دما تا سطح تحمل‌ناپذیر به طور ناگهانی اتفاق بیفتد؛ مثلاً وقتی ما بی‌خبر از همه‌جا در خواب

بودیم؟ حتی تصور بیداری در دمای ۷۰ تا ۸۰ درجه مرا بیمار می‌کرد. در اثر این درگیری‌ها نگران هما شده بودم. می‌ترسیدم اتفاقی برایش بیفتد. تا وقتی با هم بودیم، فکر دماسنج آزارم می‌داد، همین‌که هما از من دور می‌شد، انواع احتمالات در ذهن من شکل می‌گرفت: اگر بارداری به مشکل بخورد، چه باید بکنیم؟ اگر با کمبود غذا، آب یا شیر خشک و وسایل بهداشتی مواجه شویم، تکلیف من در این بیابان‌های بی‌انتها چیست؟ اگر روزی هما را گم بکنم و دیگر نتوانم پیدایش کنم، به چه کسی می‌توانم مراجعه کنم؟

هما روی تخت نشسته بود، چشمانش پر از تردید بود. مثل این بود که با یک پرسش بزرگ ذهنی درگیر بود. گفتم: «توصیه می‌کنم به این مسائل فکر نکنی.»

گفت: «کدام مسائل؟»

گفتم: «سقط جنین.»

گفت: «تو از کجا می‌دونی دارم به چی فکر می‌کنم؟»

خودش هم می‌دانست که در این سفر این‌قدر به هم نزدیک شده بودیم که حتی می‌توانستیم فکر هم را بخوانیم. گفت: «اگر سقطش کنم، چه فایده‌ای داره؟ یک ویرانه‌ی دیگه مثل آشتیان از خودمون به جا گذاشتیم. اما اگر نگهش دارم، قراره در این دنیای خشک، در این خاک بی‌برکت چه جور زندگی‌ای در پیش بگیره؟ فردا که ما نیستیم، تکلیف او چی می‌شه؟»

من به پدرم فکر کردم و به این‌که شاید واقعاً مسافر سیاره‌ی ال۴۶۶ آلفا بود و الان زنده بود و زندگی خوبی داشت و به من فکر می‌کرد. دلم می‌خواست این‌طور باشد. شاید من خیال کرده بودم

که او مرده. اما مگر فرقی می‌کرد؟ مهم این بود که اگر او نبود، آیا من می‌توانستم باشم؟ به هما گفتم: «من می‌ترسم. واقعا می‌ترسم؛ اما نه به خاطر این‌که زمین بی‌برکته. می‌ترسم که آمادگیش رو نداشته باشم.»

هما گفت: «پس مسئله بر سرِ انتخاب بین جنایت و خیانته؟»

گفتم: «نه الزاماً. مسئله بر سرِ آمادگی برای بقاست. اگر آماده‌ای، نگهش دار. شاید بتونیم بزرگش کنیم. اگر آماده نیستی، ازش صرف‌نظر کن.»

هما که معلوم بود درمانده شده است، رفت سراغ کتابی که از کتابدار اسپادنا هدیه گرفته بود. کتاب را باز کرد. کبوتر از سر هره‌ی پنجره بال زد و آمد روی شانه‌ی او نشست. من داشتم به پدرم فکر می‌کردم و به سیاره‌ی ال۴۶۶آلفا که نمی‌دانستم در کجای این کهکشان بر یک مدار ثابت در گردش است. در آن لحظه از همه‌چیز بیزار بودم. درهمان‌حال هما با صدایی لرزان خواند: «آشتیان خاک‌سپارِ خواست‌هاست. اما در راه زاگرس، جویباری هست که در خشک‌ترین فصل‌سال نیز روان است. گویی زمین با آن آب به سرود می‌خوانَد: زندگی آن‌سوی این گنبدک‌های شکسته نیز جاری‌ست.»

هما کتاب را به سینه چسباند. گفت: «پس حقیقت دارد. جایی بیرون از این تَرَک‌ها، جویباری هست که انتخاب را ممکن می‌کند.»

این سومین‌بار بود که بحث جویبار مطرح می‌شد. یک بار در کلبه‌ی سمنانه، یک بار در اسپادانا و حالا هم در مهمانسرای آشتیان.

حسین نوش‌آذر

به هما نگاه کردم، چشمانش پر از کنجکاوی، و امیدِ درآمیخته با ترس بود. گفتم: «خیلی امیدوار نباشیم.»

کبوتر از روی شانه‌ی هما پَر کشید و رفت روی هره پنجره نشست. جز صدای جعلی تیک‌تاک ساعت که فقط توهم زمان تقویمی را در جایی بی‌زمان زنده نگه می‌داشت، صدایی نمی‌آمد. دما روی ۲۳ درجه بود. تَرَک‌ها اما همچنان گسترده و عمیق بودند. هما بلند شد و مرا تنگ بغل کرد. ناخن‌هایش توی گوشت بدنم فرورفته بود. این درد مطبوعی بود. دردی بود که با آن می‌شد احساس کرد که در جایی مثل آشتیان هنوز زنده‌ای. با این درد می‌شد امیدوار ماند که زندگی حتی با وجود تَرَک‌های گسترده و عمیق گنبد نانوکریستال لعنتی ادامه پیدا کند؛ که کویر همه‌ی ما را نمی‌بلعد که تا زایندگی هست امید هم هست.

هما گفت: «هر جور شده باید جویبار را پیدا کنیم.»

راضی نبودم. تهِ دلم مطمئن بودم که این داستان بیهوده‌ای بیش نیست؛ اما دلم نمی‌خواست هما نومید باشد. حالا واقعاً دلم می‌خواست این بچه به دنیا بیاید و چه‌قدر خوب می‌شود: اگر او سیاوش کسی نباشد؛ که قرار نباشد منجی کسی، کسانی، عالمی باشد. چه‌قدر خوب است اگر دختر باشد.

فقط چند متر زیر زمین

در گذرگاه‌های آشتیان راه می‌رفتیم، دست در دست، زیر گنبد نانوکریستال که تَرَک‌هایش حالا مثل زخم‌های کهنه‌ی یک ارگانیسمِ رو به مرگ، عیان شده بودند.

خیابان اصلی، با پیاده‌روهای عریض و عمارت‌های یک‌شکل، مثل نقاشی‌ای بود که کیانی در کودکی، از روی علاقه به تاریخ یک سرزمین خیالی کشیده باشد: همه‌چیز پاک، منظم، و بی‌روح.

کوروش‌ها و داریوش‌ها، با ردای آبی و چهره‌های یکسان، مثل سایه‌های زنده از کنارمان می‌گذشتند، نگاه‌هایشان سرد، اما کنجکاو بود. آناهیدها، با ردای سفید، آرام و باوقار، به سمت «تعاونی آشتیان» می‌رفتند: ساختمانی مکعبی با دیوارهای مرمرین که از درهایش بوی عطر یاس مصنوعی بیرون می‌زد.

در این فاصله دما به ۲۵ درجه‌ی سانتی‌گراد رسیده بود، دو درجه بالاتر از همیشه. هنوز هوا مطبوع بود؛ اما من می‌دانستم که به زودی در این‌جا هم گرما از راه می‌رسد. در دوردست، عمارتی بلند با تقارن‌های سخت‌گیرانه، سنگ مرمز و فضاهای باز و نمایشی الهام‌گرفته از تخت‌جمشید، سر به گنبد نانوکریستال ساییده بود. در مرکز میدان، ماکت گورِ کوروش کبیر، با همان شکوه و سکوت، زیر نور مصنوعی می‌درخشید. اطرافش، ستون‌هایی مرتفع، با سرستون‌هایی به شکل گاو یا شیر و پایه‌ای که به شکل گل ترئین شده بود، می‌بایست شکوه و قدرت را به نمایش بگذارد؛ اما در عمل مثل ماکت‌های سرهم‌بندی شده بود.

هما گفت: «من تازه می‌فهمم چرا از کیانی خوشم نمی‌آد.»

گفتم: «به این مرد محترم زیاد سخت نگیر. حداقل این‌قدر شهامت داشته که دنیای خودش رو بسازه.»

هما دستم را فشرد. برآمدگی شکمش حالا آشکار بود، مثل وعده‌ای که نمی‌دانستیم به کجا می‌رسد. کبوتر ناگهان از روی شانه‌ی هما بال زد و به سمت کوچه‌ای باریک پر کشید. هما گفت: «دنبالش بریم. مطمئنم می‌خواد چیزی به ما نشون بده.»

کوچه، تاریک و باریک بود. با بافت شهر هم‌خوان هم نبود. مثل این بود که در طراحی آشتیان پیش‌بینی نشده بود. کبوتر روی درِ چوبیِ عمارتی قدیمی نشست. در نیمه‌باز بود. صدایی از درون آمد، آرام اما با تحکم می‌گفت: «کبوتر رو دنبال کنید. به زیر زمین می‌رسید. نترسید.»

هما قدم پیش گذاشت، من اما تردید داشتم. گفتم: «اگه تله باشه؟»

هما به تلخی لبخند زد. گفت: «این شهر خودش یک دامه. این‌جا لااقل در طراحی پیش‌بینی نشده. کاملاً معلومه که از دستشون در رفته و اتفاقاً به همین دلیل هم زنده‌س. این‌جا شاید تنها مکانی در این شهر باشه که واقعاً زنده‌س.»

پله‌های زیرزمین بوی خاک و فراموشی می‌داد. تاریکی مثل پرده‌ای سنگین ما را در بر گرفت. قلبم تند می‌زد، دست هما را محکم‌تر گرفتم. ناگهان پروژکتوری روشن شد، نوری سفید و زننده چشمانم را زد. دست را حائل چشمانم که کردم، مقابلمان، گروهی کوچک از زنان و مردان جوان را دیدم با لباس‌های ساده و

چهره‌هایی که هیچ شباهتی به کوروش‌ها و داریوش‌ها نداشتند. یکی از آن‌ها، مردی با موهای آشفته و چشمان نافذ، جلو آمد. گفت: «من بهرامم. به هسته‌ی مقاومت خوش اومدید.»

گنبد نانوکریستال در این‌جا خوب کار نمی‌کرد. دماسنجی هم وجود نداشت. من اما احساس می‌کردم درجه‌ی حرارت از ۲۵ درجه به مراتب بیشتر بود. خیسِ عرق بودم و هما هم از گرما کلافه بود. گفتم: «این‌جا چه‌قدر گرمه؟»

بهرام با دست سقف را نشان داد. گفت: «گنبد نانوکریستال به زودی فرومی‌ریزه.»

هما گفت: «پس کارِ شماست. چرا؟ کیانی چه بدی به شما کرده که تا این حد باهاش دشمنید؟»

چندمیز چوبی، نقشه‌هایی دست‌نویس از آشتیان، و دستگاه‌های عجیب در اطراف بودند. بهرام گفت: «این تنها راهه. آشتیان یک جامعه‌ی فاشیستیِ ابدیه. ابدی در این معنا که نطفه‌ی فاشیسم در چنین جایی شکل می‌گیره و بعد پرورش و توسعه پیدا می‌کنه. حاصل تخیل یک پیرمرد باستان‌شناس و زنش. محصول یک وسوسه‌ی ذهنی، یک کژتابی تاریخی.»

هما ساکت بود. دست گذاشته بود روی برآمدگی شکمش. گفتم: «فاشیسم؟ فکر می‌کنم شماها این کلمه رو زیاد از حد ساده به کار می‌برید. کیانی دنبال کماله. دنبال یک دنیای پاک، دور از کویر که البته امن هم باشه. این‌جا یک گویِ آرزوهاست که بخشی از ماست؛ و ما هم بخشی از آن هستیم. اسم این فاشیسم نیست.»

بهرام خندید. گفت: «آشتیان یه ایده‌س. مسئولیت فردی یعنی مقاومت، یعنی نذاری این ایده تو رو هم فریب بده.»

یکی از زنان گروه، با موهای کوتاه و ردایی خاکستری گفت: «گنبد به زودی فرومی‌ریزه. باید انتخاب کنید. به خاطر نوزادی که در راهه امیدوارم در سمت درست تاریخ بایستید و آزادی رو انتخاب کنید.»

هما، که تا حالا ساکت بود، دستش را روی شکمش گذاشت. «آزادی؟ تو این کویر؟ آزادی وجود نداره. گرسنگی و خشکسالی اما وجود داره. ما شنیدیم در دامنه‌ی زاگرس جوی‌باری هست. شما چیزی ازش می‌دونید؟»

گروه به هم نگاه کردند، مثل این بود که اسم رمز یک قصه‌ی فراموش‌شده را شنیده بودند. صدای زنی از توی تاریکی آمد:

«جوی‌بار؟! این فقط یه افسانه‌ست.»

هما به من نگاه کرد. من گفتم: «ما تصمیمون رو گرفتیم. ما جوی‌بار رو پیدا می‌کنیم. فرزند ما در اونجا متولد می‌شه.»

هما دستم را گرفت و فشرد. من اما مردد بودم. به خودم می‌گفتم اگر جوی‌بار واقعاً یک وعده‌ی دروغین باشد، چه اتفاقی برای ما می‌افته؟

نفس‌های آخر آشتیان

سه هفته‌ای گذشته بود و حالا بارداری هما هم کاملاً معلوم بود و ما در این مدت فقط با هم بودیم. از کیانی بی‌خبر بودیم و آناهیدها و کورش‌ها و داریوش‌ها هم دست از سر ما برداشته بودند. احتمالاً

به این دلیل که برای مقابله با نیروهای مقاومت به تمرکز نیاز داشتند. حالا دیگر اگر در خیابان‌های شهر قدم می‌زدی، جابه‌جا شعارهایی را روی دیوارها می‌دیدی. شعارها به‌جای آن‌که وعده دهند، هشدار می‌دادند که آشتیان رو به نابودی‌ست و این هشدار بی‌مورد نبود. آشتیان واقعاً زیر گنبد نانوکریستال نفس‌های آخرش را می‌کشید. تَرَک‌ها مثل رگ‌های یک ارگانیسم غول‌آسا، اما بیمار روی پوست آسمان، عریض‌تر و عمیق‌تر شده بودند.

دما به ۲۸ درجه‌ی سانتی‌گراد رسیده بود، شش درجه بالاتر از خنکایِ مصنوعی همیشگی.

خیابان‌های عریض، با عمارت‌های یک‌شکل و پیاده‌روهای مرمرین، حالا زیر نور غروب، رنگ خون گرفته بودند. بیگ‌اوهای دونفره، مثل پرندگان فلزی زخمی، وزوزکنان در هوا معلق بودند. همه‌ی آن کوروش‌ها و داریوش‌ها با چهره‌ها و لباس‌های بیش‌وکم یکسان، در سکوت، با آرامش و متانت، به تعاونی آشتیان می‌رفتند، مثل این بود که نمی‌دیدند گنبد بالای سرشان در حال فروپاشی است.

هما دستم را گرفت، برآمدگی شکمش زیر قبای خاکی‌رنگش آشکارتر شده بود. کبوتر روی شانه‌اش نشسته بود، پرهای سفیدش در نور غروب به طرز امیدبخشی می‌درخشید. گفتم: «هما، چه‌قدر هوا گرم شده.»

هما گفت: «مطمئنم که گنبد دووم نمی‌آره.»

عمارت عظیم اما بدقواره‌ای که حاصل کژتابی، و بدفهمی تاریخ ایران باستان و چه بسا ناشی از کج‌سلیقگی بود، در دوردست هم‌چنان به تو تفهیم می‌کرد که در برابر شکوه و جلال آشتیان،

موجود کوچک و بی‌اهمیتی هستی. گفتم: «باید هر طور شده بریم سراغ کیانی.»

هما گفت: «که چی بشه؟»

ایستادم و چشم در چشم او شدم. گفتم: «مطمئنم که کیانی چیزی درباره‌ی جویبار می‌دونه. اگر واقعیت داشته باشه، حتماً نقشه‌ی راه رو در اختیار داره. یادت باشه او خالق و بنیان‌گذار دنیایی‌ست که ما داریم توش نَفَس می‌کشیم.»

هما گفت: «حالا لازم نیست این‌قدر جدی بگیریش. یه کاری می‌کنیم. اما تو حق داری. سمنانه گفته بود که نقشه قاعدتاً در چنین جایی‌ست و این‌جا هم تنها کسی که به این چیزها دسترسی داره کیانیه.»

این بود که بالاخره از همان‌جا عازم ویلای کیانی شدیم.

ویلا در حاشیه‌ی شهر، زیر گنبد ترک‌خورده، مثل جزیره‌ای در کویر بود. صدایی از درون آمد، ضعیف و خسته: «بیایید تو.»

کیانی نشسته بود روی کاناپه در نشیمن. ساعتی از غروب گذشته بود و بااین‌حال او هنوز پیژاما به‌تن داشت و ریشش را هم اصلاح نکرده بود. تنها بود. گفتم: تنهایید؟ فخری‌خانم کجاست؟»

با دست اشاره کرد که بنشینیم. عصایش را به زمین کوبید. مثل این بود که می‌خواست همه‌ی نیروهای خفته در کویر را بیدار کند. گفت: «برای کار مهمی رفته. قرار بود تا ظهر برگرده اما برنگشته.»

بعد مستقیم به من خیره ماند. گفت: «یعنی ممکنه اتفاقی براش افتاده باشه؟»

هما گفت: «راهی برای کنترل وقایع غیرمنتظره در آشتیان طراحی نکردید؟»

کیانی گفت: «همه‌چیز در این‌جا جوری طراحی شده که اتفاق غیرمنتظره‌ای نیفته.»

هما گفت: پس چرا نگرانید؟»

کیانی به او خیره ماند. سکوت کرد. من گفتم: «این سوال مهمیه. اگر نگرانید، حتماً دلیلی داره.»

کیانی برخاست و به طرف میز کارش رفت. دستش را به میز تکیه داد و رو به من کرد و گفت: «آشتیان هم مثل هر سیستم دیگری باگ دارد و این باگ‌ها هستند که آن را زنده نگه می‌دارند.»

بعد مکثی کرد، آهی کشید و با دریغ گفت: «من می‌خواستم از آشوب تاریخ فرار کنم؛ اما سیستم، خودش تبدیل به آشوب شد.»

هما خندید. گفت: «بزرگ‌ترین باگ سیستمی که شما ساختید، این‌جا مقابل شما نشسته. یک زن باردار. تولد یک انسان، پایان قطعی یک آرمانشهر کنترل‌گراست. در این شک نکنید.»

کیانی لبخندی زد. شاید از سرِ یأس. گفت: «شک ندارم خانوم.»

گفتم: «خواهش می‌کنم این حرف‌ها رو بذاریم برای بعد. مطمئنید برای فخری‌خانم اتفاقی نیفتاده؟»

کیانی به هما نگاه کرد. مثل این بود که اطمینان داشت هما از همه‌چیز باخبر است. مضطرب شده بودم. گفتم: «هما جان فکر می‌کنی واقعاً اتفاقی افتاده؟»

هما گفت: «شورشی‌ها. اونا نقص‌های ژنتیکی دارن. درسته آقای کیانی؟»

بعد رو به من گفت: «شورشی‌ها کسانی هستن که شروع به پرسشگری کردن و چون پاسخی پیدا نمی‌کنن، آماده‌ی خشونتن.»

بغض کیانی ناگهان ترکید. بی‌صدا اشک می‌ریخت. بلند شدم و به طرف او رفتم. گفتم: «آقای کیانی چی شده؟»

هما بلند شد و برای او یک لیوان آب آورد. کمکش کردم که بنشیند. گفت: «ما در ویلا همه‌چیز رو زیر نظر داریم. از شورش هم مطلع بودیم. فخری رفت با شورشی‌ها وارد گفت‌وگو بشه که ارتباط قطع شد. مطمئنم که دیگه برنمی‌گرده.» و باز دوباره بغضش ترکید. تلخ، با اندوه بسیار بزرگی گریه می‌کرد.

کبوتر روی شانه‌ی هما بال می‌زد. ما همه سوگوار بودیم؛ و کیانی این را در آن لحظه به خوبی درک می‌کرد. ما برای اولین‌بار در همه‌ی این مدت مثل یک خانواده بودیم. نیرویی ما را به هم متصل کرده بود.

هما برخاست. کبوتر از روی شانه‌ی او پرکشید. هما گفت: «آقای کیانی، از جویبار خبر دارید؟»

کیانی اشک‌هایش را با پشت دست پاک کرد. بلند شد و عصاکشان به سمت گنجه‌ای در گوشه‌ی اتاق رفت. ویولونی قدیمی، با چوب ترک‌خورده و زه‌های فرسوده، بیرون آورد. انگشتان لرزانش زه‌ها را نوازش کرد، و آرشه را کشید و نغمه‌ای محزون با طنینی باستانی در نشیمن ویلا طنین‌انداز شد. این نغمه، همه‌ی شعله‌های خاموش‌شده در آتشکده‌ها، و در دل‌های پیر را، به یاد ما می‌آورد.

گفتم: «چرا جواب نمی‌دی، آقای کیانی. جویبار هست یا نه؟»

کیانی نواختن را ادامه داد. موسیقی‌اش یادآورنده‌ی آتشکده‌های خاموش بود؛ اما تداوم آن از جنس سنگ‌هایی بود که از میان آن‌ها چشمه‌ای می‌جوشد: هم از زوال نشان داشت و هم از احتمال زایندگی.

هما کنارم نشسته بود دستش را گذاشته بود روی شکمش و من از خودم می‌پرسیدم که آیا فرزند او، فرزند ما، فرزند این جهان، این نغمه را می‌شنود؟

کیانی ویلون را با احتیاط روی میز تحریر گذاشت. گفت: «جویبار؟ جویبار هست. می‌دونم کجاست. نقشه‌ی راه رو هم دارم. در اختیارتون می‌ذارم.»

هما به من نگاه کرد، چشمانش پر از عزم حرکت بود. کیانی لبخند تلخی زد. گفت: «من در آرزوی پاکی و نیکی بودم. افسوس!»

کبوتر برگشته بود روی شانه هما. گفتم: «ما هر جا که بریم، محاله شما رو تنها بذاریم.»

کیانی سری تکان داد: نه به نشانه‌ی موافقت و نه به نشانه‌ی مخالفت. خداحافظی کردیم که خودمان را برای عزیمت آماده کنیم. خارج از ویلا آسمان به رنگ خون بود. ما حالا می‌دانستیم که چه آرزوهایی ویران شده است؛ اما با این‌حال ما یک خانواده بودیم.

فروپاشی

گنبد نانوکریستال، مثل قلبی که از تپش بازمی‌ایستد، مثل یک وعده‌ی دروغین، مثل یک فریب، فرومی‌ریخت.

در محله‌های شرقی آشتیان، تکه‌های نانوکریستال مثل بارانی از شیشه به زمین می‌ریختند، و در همان‌حال غبار کویر همه‌جا را تسخیر می‌کرد. دما در سطح شهر به ۳۰ درجه‌ی سانتی‌گراد رسیده بود، و خنکا مثل رویایی بود که فراموش می‌شد. کوروش‌ها و داریوش‌ها، با ردای آبی و چهره‌های یکسان، بلاتکلیف در گذرگاه‌ها سرگردان بودند، نه راه پیش داشتند، نه راه پس. نه می‌دانستند از کجا و چرا آمده‌اند و نه می‌دانستند که به کجا می‌خواهند بروند. برخی خیابان‌ها در اثر ریزش تکه‌های گنبد مسدود شده بود و در برخی محلات طوفان شن، رفت‌وآمد را مختل کرده بود. از دوردست، صدای انفجارهایی مثل ناله‌های یک غول زخمی به گوش می‌رسید.

هما دستم را محکم گرفته بود، کبوتر روی شانه‌اش بال می‌زد، پرهای سفیدش در غبار کویر مثل فانوسی می‌درخشید. برآمدگی شکم هما زیر قبای خاکی‌اش، وعده‌ای بود که هنوز زنده بود. گفتم: «باید هرجور شده خودمون رو برسونیم به مهمانسرا، وسایلمونو برداریم.»

هما سر تکان داد. گفت: «محاله. نمی‌تونیم. شهربندونه. راه‌ها بسته‌س.»

در خیابان اصلی، کوروش‌ها و داریوش‌های شماره‌دار، با سلاح‌های لیزری آبی‌رنگ، مثل نگهبانان موزه‌ای که دچار حریق شده ایستاده بودند. ازدحام مثل موجی بود که ممکن بود ما را با خود ببرد. ناگهان کبوتر از روی شانه‌ی هما به سمت کوچه‌ای باریک پَر کشید. هما چشمانش را ریز کرد. «اون‌جا... فخری!»

فخری‌خانم، با لباس ساده و خوش‌دوختش، همراه با آناهید شماره‌ی یک و چند کوروش و داریوش، با گام‌های بلند به سمت مقصد نامعلومی می‌رفتند. من از راه دور فریاد زدم: «فخری‌خانوم! فخری‌خانوم!»

آن‌ها ایستادند و به سمت صدا نگاه کردند. من دست تکان دادم. بعد با هما هرجور بود خودمان را به آن‌ها رساندیم. نفس‌نفس‌زنان گفتم: «فخری‌خانوم، آقای کیانی منتظرتونه. خیلی نگرانه.»

هما گفت: «ما همه می‌تونیم با هم بریم به سمت جویبار.»

فخری به آناهید شماره‌ی یک‌چیزی گفت که در غرش فروپاشی گنبد، ازدحام و هیاهو گم شد. آناهید شماره‌ی یک اخم کرد؛ و با این‌حال فخری‌خانم با نگاهی قاطع از گروه جدا شد. به ما نگاه کرد، چشمانش پر از سوگ و امید بود. «آشتیان از دست رفت. اما شاید آینده‌ای وجود داشته باشه، لااقل برای شما جوون‌ها.»

هما لبخند زد. «فخری‌خانم. این تازه شروعه. سرآغاز یک تاریخ دیگه‌ست. هیجان‌انگیز نیست؟»

آسمان به رنگ خون بود. در کوچه‌های آشتیان، درگیری بزرگی بین کوروش‌های شماره‌دار و شورشی‌های آنارشیست درگرفته بود. صدای انفجارها، فریادها، و غرش گنبد، مثل یک سمفونی مرگ بود که بارها و بارها در این خطه طنین انداخته بود. ما، با فخری،

در ازدحام به سمت ویلا رفتیم. کوچه‌ها مثل رگ‌های یک بدن در حال مرگ پر از اضمحلال بود و یکی بعد از دیگری بسته می‌شد.

ویلا مثل نقطه‌ای در کویر بود که هر دم ممکن بود در طوفان شن زیر انبوهی از گرد و غبار دفن شود. کیانی با پیژاما و ریش نتراشیده دم در منتظر بود، عصایش را به زمین تکیه داده بود. مثل این بود که از همه‌چیز خبر دارد. موهای سفیدش در باد کویر می‌رقصید. به فخری نگاه کرد، چشمانش خیس شد. «فکر کردم دیگه برنمی‌گردی.»

فخری‌خانم خندید. گفت: «کیانی! این چه سر و وضعی‌یه که به هم زدی؟»

کیانی گفت: «صبر کنید، الان برمی‌گردم.»

بعد از مدتی با یک نقشه برگشت. گفت: مسیر ثبت‌شده رو به ناوبری بدهید. شما رو مستقیماً می‌رسونه به مقصد.»

فخری‌خانم گفت: «این نقشه رو زنی نابینا به اسم سمنانه به ما داد.»

هما گفت: «می‌شناسیمش. مهمونش بودیم.»

فخری‌خانم گفت: «اما خیلی امیدوار نباشید. سال‌های زیادی گذشته. معلوم نیست چشمه و جویبار باقی مونده باشه.»

یک بیگ‌او مجهز، با نماد فروهر روی بدنه‌اش، کنار ویلا آماده بود. گفتم: «بدون شما، ما جایی نمی‌ریم.»

کیانی مرا تنگ در آغوش کشید. «متأسفم، پسرم. ما سفرهامون رو کرده‌ایم. این‌جا آخر راهه برای ما.»

فخری‌خانم مشتی دانه‌ی گندم را که در دستمالی به دقت پیچیده شده بود به دست هما داد. گفت: «اینا ۲۷۰۰ سال قدمت دارن. در گور یه دهقان پارسی، در دامنه‌ی زاگرس پیداشون کرده بودیم. شاید توی سرزمین جدید سبز بشن. کسی چه می‌دونه؟»

هما دستمال حاوی دانه‌ها را مثل گنج در مشت فشرد. اشک در چشمانش حلقه زده بود. همدیگر را در آغوش کشیدیم. ما حالا یک خانواده بودیم. فخری و کیانی دم در ایستاده بودند و دست تکان می‌دادند.

ما با بیگ‌اوی مجهز و راحتی که حالا دیگر به ما تعلق داشت، گنبد نانوکریستال را ترک کردیم و در کویر اوج گرفتیم. در همان‌حال هما دستش را روی صفحه‌ی ناوبری کشید و نقشه‌ی دیجیتال زاگرس را بزرگ کرد. گفت: «سه ماه پیش که از اسپادانا راه افتادیم، فکر می‌کردم به آخر خط رسیدیم. حالا می‌بینم اون‌جا فقط پیش‌درآمد این فروپاشی بود.»

من از پنجره‌ی سمت خلبان به زیر پا نگاه می‌کردم. انعکاس چهره‌ام را روی پنجره می‌دیدم که با تصویری از فروپاشی گنبد نانوکریستال ترکیب می‌شد. به کیانی و فخری فکر کردم. الان در چه حال بودند؟ دلم گرفته بود. هما به شکم برآمده‌اش دست می‌کشید. مثل این بود که او هم به همه‌ی چیزهایی فکر می‌کرد که از ذهن من هم می‌گذشت. گفت: «شاید کیانی می‌دونست که دنیای دیگری شکل خواهد گرفت. من در هر حال خوشحالم که مجبور نیستم مدام دروغِ بهشتِ ازدست‌رفته رو تکرار کنم.»

کبوتر روی صفحه‌ی کنترل نشسته بود. گفتم: «فکر می‌کنی جویبار واقعاً باقی مونده باشه؟ بعد از این همه‌سال؟»

هما نقشه‌ی کاغذی سمنانه را باز کرد، خطوط محوی را روی نقشه دنبال می‌کرد. گفت: «نمی‌دونم. سمنانه اما اطمینان داشت که جویبار وجود داره و جاریه. اما من مطمئن نیستم. فقط امیدوارم.»

صدای موتور بیگ‌او مثل نبض یکنواخت یک ارگانیسم مصنوعی فضا را پُر می‌کرد. صدای باد روی بدنه‌ی بیگ‌او شنیده می‌شد. مثل این بود که کویر نمی‌خواست ما را رها کند. گفتم: «حالا که سه ماهه باردار هستی. می‌ترسی؟»

هما گفت: «نه. خیالم راحته که نه مثل کیانی در پی بهشتِ خیالی خواهیم بود و نه مثل فخری، منتظر یک عصر طلایی.»

حالا دیگر آن‌قدر اوج گرفته بودیم که آشتیان مثل نقطه‌ای توی غبار بود. زیر پای ما ستون‌هایی از دود بر فراز آشتیان در آسمان می‌رقصید. به آنارشیست‌ها فکر کردم که کارشان رخنه از طریق باگ‌های یک سیستم بود. ویرانگری به عنوانِ مقاومت؟ به چه قیمت؟ برای چی؟

کبوتر ناگهان بال زد و به سمت پنجره رفت. در دوردست، اولین ستاره‌ی شب در افق زاگرس در پهنه‌ی آسمان درخشیدن گرفته بود. کبوتر سرش را به سمت ستاره چرخاند، گویی مسیری را که قرن‌ها پیش نیاکانش پرواز کرده بودند به خاطر می‌آورد.

مثل کسی که دارد با خودش حرف می‌زنم گفتم: «چی در انتظار اوست؟ چه خواهد شد؟»

هما با سرخوشی گفت: «یه آدم معمولی که هر صبح بلند می‌شه، و زندگی می‌کنه و زندگی رو با کمک دیگران می‌سازه.»

زاگرس عظیم، با شکوه و بی‌هیچ نشانه‌ای از زوال مقابل ما بود.

۵۶۰

سرآغاز تاریخ:
یک مرد،
یک زن،
یک نوزاد،
یک کبوتر،
مُشتی بذر،
و یک جویبار در چشم‌انداز.

ایران در انتهای افق.

یادداشت نویسنده

تابستان سال ۲۰۱۶ طرح خامی از این نوول برای نخستین‌بار در ذهنِ من شکل گرفت. دوهزار کلمه‌ای نوشتم؛ سپس متن را نیمه‌کاره رها کردم، و بعد درگیری‌های خانوادگی و حرفه‌ای متعددی پیش آمد و این داستان فراموش شد. تا اینکه ۹ سال بعد تحت تأثیر ناآرامی‌های اجتماعی و سیاسی و روند رو به شتاب تغییرات اقلیمی و تنش‌های آبی در ایران ایده‌ی این رمان در ذهن من گسترش پیدا کرد. جنگ ۱۲ روزه با اسرائیل درگرفت و ما همگی یک بار دیگر در مجاورت خبرهای ناراحت‌کننده قرار گرفتیم که به نگرانی‌ها درباره آینده ایران دامن زد. در همان زمان من تحت یک عمل جراحی قرار گرفتم و می‌بایست پنج شش چند روز در بستر بمانم. این بود که سرانجام باقی داستان را در آن چند روز نوشتم. بنابراین می‌توانم بگویم که این داستان نه در ۹ سال و پنج روز که در پنج روز و ۹ سال نوشته شده است.

هدف اصلی من این بود که با توصیف دقیق محیطی مانند ایرانِ ویران‌شده با دمای ۵۶ درجه، منابع طبیعی نابودشده، و جامعه‌ای وابسته به گردشگری، مطابق با موازین ژانر دیستوپیایی (ویران‌شهری)، تصویری هشداردهنده ارائه دهم.

خواهش می‌کنم وقتی با تصاویر صفحات آغازین کتاب درگیر می‌شوید، این نکته را به یاد داشته باشید که من هم مثل شما عاشق ایرانم و دقیقاً به‌همین‌دلیل با تنها ابزاری که در اختیار دارم، یعنی با ادبیات داستانی، این پرسش را مطرح می‌کنم که «آیا بهتر نیست با این سرزمین مهربان‌تر باشیم؟ آیا بهتر نیست به‌جای میهن‌پرستی‌های اغراق‌آمیز، به میهن‌پروری مسئولانه روی بیاوریم؟»

«ایران فرهنگی» به معنای یک سرزمین ذهنی وجود ندارد. چنین نیست که من برای مثال در فرانسه یا در آلمان زندگی کنم و گمان ببرم که «ایران فرهنگی» با من است. ایران یک جغرافیای واقعی با مرزهای مشخص و رسمیت‌یافته و با گروه‌های زبانی ـ اجتماعی متعدد، و یک کشور بسیار سالخورده است که بیش از همه به مراقبت و توجه نیاز دارد.

این را هم بدانید که سیاه‌کاران و بدخواهانی هم هستند که مدام از آرزوها و آرمان‌هایی نیکو مانند ضدیت با تبعیض سخن می‌گویند اما حتی نمی‌توانند نام «ایران» را به زبان بیاورند. در نظر آن‌ها تاریخ ایران و نام این کشور مجعول است. کسانی هم هستند که مدام دم از میهن‌پرستی می‌زنند اما به دست بیگانگان چشم دوخته‌اند.

در هر دو سمتِ جریان‌های فکری متخاصم و خودفروخته، واگرایانی ایستاده‌اند. این کتاب می‌تواند پاسخی به آن‌ها نیز باشد.

حسین نوش‌آذر

سنت‌ئوان، ۷ ژوئیه ۲۰۲۵

بیوگرافی نویسنده

حسین نوش‌آذر (متولد ۱۳۴۲) نویسنده، مترجم و روزنامه‌نگار ایرانی است. او در اواخر دهه‌ی ۱۳۶۰ از ایران مهاجرت کرد و سال‌ها در آلمان به تحصیل و کار در مراکز درمانی و تیمارستان‌ها مشغول بود؛ ابتدا به‌عنوان پرستار و سپس به‌عنوان روان‌درمانگر. این تجربیات در آثار داستانی او، به‌ویژه در مجموعه داستان‌های «دیوارهای سایه‌دار» (انتشارات تصویر، ۱۳۷۱، آمریکا)، «سر سفره خویشان» (۱۳۷۳)، «نامه‌های یک تمساح به همزادش» (۱۳۷۵) و «یک روز آفتابی» (۱۳۷۸) بازتاب یافته‌اند. این دوره از کارنامه‌ی ادبی او، علاوه بر پرداختن به مضامینی مانند جنون و مالیخولیا، تحت تأثیر تجربه‌ی «ناخانگی» و زندگی دشوار پناهجویان در خارج از ایران شکل گرفته است.

در دهه‌ی ۱۳۷۰ تا اواسط دهه‌ی ۱۳۸۰، دو داستان بلند از او منتشر شد: «تأملی بر تنهایی» (نشر باران، ۱۳۷۱) و «نه دیگر تک، نه دیگر تاب: داستان یک شهر بلند» (نشر کتاب، ۱۳۷۶). این دو کتاب تصویری از انزوا در بستر غربت و گسست از ریشه‌ها را ترسیم می‌کنند.

دوره‌ی دوم نویسندگی او (۱۳۸۵—۱۳۹۲) با تمرکز بر انتشار کتاب در ایران همراه بود: رمان‌های «سفرکرده‌ها» (نشر نی) و «سایه‌اش دیگر زمین را سیاه نخواهد کرد» (نشر مروارید)، به‌اضافه‌ی ترجمه‌ی آثاری از ریچارد براتیگان و رمان «جاده» اثر کورمک مک‌کارتی. این دوره هم‌زمان با مهاجرت او به فرانسه و

فاصله‌گرفتن از حرفه‌ی درمانی بود. سال‌ها بعد، نسخه‌های بدون سانسور رمان‌های «سفرکرده‌ها» (انتشارات پیام، آلمان) و «برای تو» (انتشارات مهری، لندن) منتشر شد که مورد توجه منتقدان قرار گرفت

نوش‌آذر در سال ۱۳۷۵ به‌همراه بهمن فرسی، نخستین شماره‌ی نشریه‌ی ادبی «سنگ» را منتشر کرد و سپس همکاری خود را با بهروز شیدا (پژوهشگر ادبی مقیم سوئد) و عباس صفاری (شاعر نام‌آشنا) برای ادامه‌ی انتشار این نشریه تا دهه‌ی ۱۳۸۰ گسترش داد. «سنگ» از نشریات پیشرو و معتبر ادبی خارج از ایران محسوب می‌شد.

او از سال ۱۳۸۹ تاکنون به‌عنوان روزنامه‌نگار فرهنگی در رادیو زمانه فعالیت دارد و هم‌زمان با همکاری شهریار مندنی‌پور، نشریه‌ی ادبی «بانگ» را منتشر می‌کند که مدیرمسئول و صاحب‌امتیاز آن است.

انتشارات آسمانا (تورنتو) منتشر کرده است:

پژوهش‌های علمی و دانشگاهی

- *Music on the Borderland: Remembering and Chronicling the 1979 Revolution's Shadow on Iranian Music*, by K. Emami, 2024.
- *Whispers of Oasis: Likoo's Poetic Mirage*, by M. Ganjavi, A. Fatemi and M. Alimouradi, 2024
- *زبان، انسان و جامعه: ادبیات و زبان‌های اقلیت در ایران*؛ ویرایش امیر کلان؛ مهدی گنجوی، آنیسا جعفری و لاله جوانشیر، ۲۰۲۴.
- *تنگلوشای هزار خیال؛ جستارهایی در ادب و فرهنگ*، رضا فرخفال، ۲۰۲۴
- *دلالت‌های تحلیل طبقاتی در سرمایه‌داری امپریالیستی*، محمد حاجی‌نیا و شهرزاد مجاب، ۲۰۲۴
- *شبِ سیاه و مرغان خاکسترنشین؛ شعر نیما در دهه‌ی دوم: ۱۳۲۱ ـ ۱۳۱۱*، ۲۰۲۴
- *حافظ و بازگویی*، تالیف رضا فرخفال، ۲۰۲۴
- *زنان کُرد در بطن تضاد تاریخی فمینیسم و ناسیونالیسم*، تالیف شهرزاد مجاب، ۲۰۲۳
- شورش دهقانان مکریان ۱۳۳۲ ـ ۱۳۳۱ *: اسناد کنسولگری، مکاتبات دیپلماتیک و گزارش روزنامه‌ها*، پژوهش امیر حسن‌پور، ۲۰۲۲

تصحیح انتقادی

- *فن گفتن و نوشتن*، تالیف میرزا آقاخان کرمانی (به کوشش م. رضایی تازیک)، ۲۰۲۵.
- *تاریخ شانژمان‌های ایران*، تالیف میرزا آقاخان کرمانی (به کوشش م. رضایی تازیک)، ۲۰۲۴

رستم در قرن بیست‌ودوم (تصحیح انتقادی و مصور)، تالیف عبدالحسین
صنعتی‌زاده (ویرایش م. گنجوی و م. منصوری)، ۲۰۱۷

شعر

- زیر گنبد دوار، شعر از عباس امانت، ۲۰۲۵.
- شهرآشوب، شعر از امیر حکیمی، ۲۰۲۵.
- خمار صدشبه، شعر از منصور نوربخش، ۲۰۲۵.
- دفتر الحان، شعر از امیر حکیمی، ۲۰۲۴.
- با سایه‌هایم مرا آفریده‌ام، شعر از هادی ابراهیمی رودبارکی، ۲۰۲۴
- شهروندان شهریور، غزل از سعید رضادوست، ۲۰۲۴
- آینه را بشکن، شعر از نانائو ساکاکی، ترجمه مهدی گنجوی، ۲۰۲۴
- عجایب یاد، شعر از امیر حکیمی، ۲۰۲۳
- کهکشان خاطره‌ای از غروب خورشید ندارد، شعر از مهدی گنجوی، ۲۰۲۳
- غریبه‌هایی که در من زندگی می‌کنند، شعر از مهدی گنجوی، ۲۰۲۱
- تبعیدی راکی، شعر از علی فتح‌اللهی، ۲۰۱۸

داستان

- *Family Secret Memories,* a novel by Mohammad Qassemzadeh, translated by Mahshad Abdoli, 2025.
- Destined *to Lead?*, a novel by Hushand Dowlatabadi, translated by Hadi Dowlatabadi, 2025
- *An Iranian Odyssey*, a novel by Rana Soleimani, translated by Fereidon Rashidi, 2025
- مجتمع دخترانه، رمان از محبوبه موسوی، ۲۰۲۵.
- مستیم و خرابیم و کسی شاهد ما نیست، رمان از مهدی گنجوی، ۲۰۲۵.
- اسباب شر، رمان از جواد علوی، ۲۰۲۵.

نمایش‌نامه

برای ارتباط با نشر آسمانا:

Asemanabooks.ca

56 Degrees

A Dystopian Novel
by

Hossein Noushazar

Asemana Books
2025